# ПІКАПЕР

## Легенда про Чорного дракона

Віктор Волкер

SPACE ONE

Чудеса навколо нас

УДК 821.161.1(477)’06-312.9=161.2
В67

**Волкер, Віктор.**

В67 Пікапер. Легенда про Чорного дракона / Віктор Волкер.— Київ : СПЕЙС ВАН, 2020.— 238 с. : іл.

**ISBN 978-617-7999-03-3**

Чи вірите ви у драконів? Якою б не була відповідь, драконам — однаково!

І якщо на голову тобі у буквальному сенсі звалився Великий дракон, який прибув на землю зовсім не просто так і для своєї небезпечної місії чомусь вибрав саме тебе, а допомогти (або перешкодити) тобі щосили намагаються трохи божевільний тибетський монах, красуня-кілер і сусід-ботанік, нудьгувати точно не доведеться. Адже потрібно всього-на-всього втрутитися у плани наймогутнішої людини на Землі, врятувати планету від смертельного вірусу і звільнити кохану дівчину з лап бандитів...

**УДК 821.161.1(477)’06-312.9**



ISBN 978-617-7999-03-3

*Легенди бувають різні. Найчастіше вони ведуть нас крізь неймовірну глиб часів, рідше — розповідають про події недавні, хоча такі ж далекі... Але легенда, про яку ти зараз дізнаєшся, — зовсім не з давнього минулого. Вона — про простого хлопця із сучасного міста, який, як і багато інших, шукав себе у житті.*

# ГЛАВА 1

Темрява була настільки безпросвітною, що хотілося моргнути та покращити видимість. Якби все відбувалося на вулиці, об'єктом злості став би сирий осінній туман, який поглинає світло і пробирає до кісток. Але в хитросплетінні однакових коридорів багатоповерхового будинку, через які Олівер продирався вже хтозна-скільки часу, туману в принципі бути не могло. І все ж він був: сирим холодком лип до рук, норовив залізти під куртку. Сірими, ледь помітними щупальцями він облизував і без того холодний метал пістолета. Виснажлива гонитва тривала давно. Єдине, чого хотів зараз закляклий хлопчина, виснажений нескінченним лабіринтом давно порожньої багатоповерхівки, — скоріше вибратися з похмурої будівлі, де загубилися Чужинці...

І ось тепер, коли надія знайти ворожих шпигунів майже розтанула, примхлива дівчина удача знову підморгнула йому: в кінці коридору почувся приглушений зойк. Все знову затихло, ніби нічого й не було, але цього вистачило: стискаючи у руці пістолет, Олівер кинувся вздовж коридору. Намагаючись рухатися якомога тихіше, за секунду він наблизився до дверей. Зібрався, перевів подих, підстрибнув — і різким рухом штовхнув дверне полотно ногою... І одразу завив від болю, схопившись за забиту ступню, а наступної миті прокляті двері відчинилися назовні й добили зігнутого хлопця.

— Блі-і-ін! — застогнав відкинутий до стіни Олівер.

Ледь оговтавшись від потужного удару, він несамовито потер кулаками очі. Перше, що зміг побачити, була бліда маскаобличчя Чужинця, який схилився над ним. Очі з витягнутими вертикальними зіницями, не моргаючи, неухильно наближалися. Розкрилася широка, від вуха до вуха, паща, оголюючи найгостріші піки зубів. І раптом, обдавши гарячим диханням обличчя хлопця, чудовисько... голосно нявкнуло!

Олівер закричав від несподіванки, кинувся навмання вбік... І нарешті прокинувся, впавши зі стільця. Напередодні вночі, коли він сидів перед монітором, його зморив сон.

Комп'ютерна стрілялка-бродилка все ще терпляче чекала повернення свого героя, а прямісінько на клавіатурі сидів здоровенний чорно-білий кіт. Сіпаючи кінчиком хвоста, він із висоти столу з цікавістю розглядав свого господаря.

«Няв!» — наполегливо повторив пухнастий монстр, а потім стрибнув Оліверу на живіт, пружно приземлившись на всі чотири лапи. Задоволено муркочучи, кіт почав тупцювати на місці, роблячи своєму господареві «лікувальний масаж».

— Тифоне! У... щоб тебе... — застогнав примусовий пацієнт, однією рукою обережно обмацуючи величезного ґудзя на потилиці, а іншою відштовхуючи непрошеного хвостатого лікаря.

Насилу піднявшись, Олівер покосився на тумбочку біля ліжка: круглий будильник на ній слабо відсвічував зеленим цифри 04:32. Ну звісно! У цього вовняного сатанинського вилупка апетит прокидається саме під час найяскравіших передранкових снів людини.

Бурмочучи щось під ніс і пригадуючи екзотичні рецепти страв на основі кошатини, Олівер пошвендяв на кухню. Не вмикаючи світла, навпомацки дістав із тумбочки пакет сухого котячого корму, потряс його над мискою, закинув упаковку назад у тумбочку. І, не виходячи із сонного трансу, попрямував до свого ліжка.

А ще через дві хвилини під затишні звуки хрустіння котячих сухариків він з головою поринув у солодкий сон.

# ГЛАВА 2

— Блін, блін! От блі-і-і-ін!..

Олівер стрибав по квартирі на одній нозі, намагаючись одночасно втиснути іншу у вузьку штанину джинсів і не вдавитися щойно відкушеним шматком бутерброда.

Сухий хліб дряпав горло, тому хлопець машинально потягнувся за чашкою кави. Посудина скромно примостилася на самому краєчку стола, оскільки іншого вільного місця тут не було. Немиті тарілки, залишки піци у коробці, порожні ємності з-під готової їжі — цей стіл радше нагадував сміттєзвалище.

Втиснувшись нарешті у штани, Олівер схопив чашку і хотів уже ковтнути, як раптово задзвонив телефон. Від несподіванки юнак зробив занадто великий ковток, поперхнувся і обпік горло. Телефон продовжував наполегливо видзвонювати. Пихкаючи і кашляючи, чіпляючись за розкидані речі, господар холостяцької квартирки все ж відшукав на підлозі за кріслом невгамовну трубку.

Табло будильника показувало 09:20. Це було б ще занадто рано... якби не той факт, що робочий день для всіх співробітників фірми «Сіті груп», до яких належав і Олівер, починається рівно о дев'ятій. Значить, уже двадцять хвилин, як він, експедитор фірми, що спеціалізується на продажу косметики, мав розвозити замовлення за адресами. Адже ще тільки вчора хлопець із покаянням стояв у кабінеті шефа і клявся: «Відзавтра зобов'язуюся приходити на роботу без запізнень». Тобто — відсьогодні...

— Доброго ранку, Олівере! — солодкою отрутою линув у трубку вкрадливий жіночий голос.

Ну звичайно ж — Єва, єхидна офіс-менеджерка! Хто ж іще це міг бути!

— Доброго ранку, Єво! — якомога бадьоріше відгукнувся «нехлюй», відразу кинувшись відкривати балкон.

Разом зі свіжим повітрям у кімнату увірвався звичний міський шум вулиці.

— Як спалося? Напевно, прекрасно, якщо ти проспав і сьогодні, — продовжувала віщати Єва тим же солодким голоском, в якому, однак, з кожною секундою звучало все більше сталі.

Олівер прямо-таки побачив її довге худе обличчя з яскравими плямами рум'ян, великими круглими скельцями окулярів на носі і чорним прямим волоссям, завжди зачесаним за вуха.

— Та яке там «проспав», Євочко! Я ж обіцяв, що буду вчасно! Але не моя провина, що на мосту знову жахлива пробка! Напевно, аварія... — якомога переконливіше видихнув хлопець, повернувши телефон до вікна, щоб їй добре було чути шум автомобілів.

— А-а-а, то ти у про-о-обці? Упевнений?

— Ще б пак! Я вже хвилин з двадцять тут стирчу, Євусику! — неймовірно лагідно проворкував молодий чоловік.

Їхній офіс, як і склад, розташовувався на лівому березі річки, що розділяла Мідлтаун на дві рівні частини. Сам Олівер жив на правому і щодня змушений був проїжджати по одному з двох мостів, що з'єднують місто. У годину пік перебратися з одного берега на інший через велику кількість машин було випробуванням місцевого масштабу. Пробки і тягучки тут виникали постійно, і цей приголомшливий факт був відомий усім, шефу зокрема. Офіс-менеджерка Єва, яка ніколи не втрачала нагоди причепитися до молодого експедитора, теж про це знала. Вона так часто і наполегливо шукала привід вишпетити Олівера, що той почав подумувати: а чи нема у цієї дівчини до нього якихось таємних романтичних почуттів? І ось у такий спосіб вона, маючи природну вередливість, виказує їх своєму обранцеві?

— А це нічого, що я дзвоню тобі НА ДОМАШНІЙ ТЕЛЕФОН?!! — останні слова вона прокричала просто дурним голосом, і бідний хлопчина округленими очима втупився у радіослухавку у своїй руці. — Якщо тебе не буде через двадцять хвилин, про зарплату можеш забути! І я тобі такий штраф вліплю, що... — Єва продовжувала щось верещати, але Олівер лише пробурмотів покаянно:

— Уже вибігаю, зараз буду, я швидко... — і натиснув «Відбій».

Йому насправді було соромно. Ні, ну це ж треба так попастися! Ну як, як він міг переплутати мобільний з радіотрубкою домашнього телефону?! Ця цариця офісу роздзвонила всім на роботі (а може, й начальству), як спритно викрила брехунця. Ні, вона однозначно до нього небайдужа!

Олівер підійшов до столу і роздратовано кинув телефон. Щось булькнуло. Озирнувшись, він побачив чорний хвостик антени радіотрубки, що самотньо стирчить над об'ємною чашкою ще гарячої кави.

# ГЛАВА 3

Творча брехня про пробку на мосту тепер перетворилася на реальність: йому довелося витратити ще хвилин п'ятнадцять свого життя — автомобіль таки застряг у щільному потоці машин. А потім ще терпляче вислухати все, що про нього думає офіс-менеджерка. І, як виявилося, думала вона про нього дуже багато — це ж треба: жодного разу не повторитися, вигукуючи лайки! Але ось нарешті вона втомилася і, сунувши йому готові роздруківки із замовленнями, замахала руками, немов намагаючись вигнати з офісу настирливу комаху. Тут їхні бажання зійшлися якнайкраще: вилаяний за всіма правилами, співробітник миттю вилетів на вулицю, до приміщення складу, дорогою присягаючи собі ніколи більше не потрапляти так нерозумно у халепу. Пощастило ще, що шеф поїхав кудись у справах і не став свідком настільки принизливих екзекуцій. Та ще було б від кого! Ця нафарбована лялька точно залишиться старою дівою — кому вона потрібна з таким противним характером? І тепер на увагу з його боку нехай навіть не розраховує!..

Неуважно привітавшись із Ніком, добродушним рукатим здорованем, який заправляв на складі усіма цими коробками-упаковками та іншим добром, Олівер сунув йому свої роздруківки. Нік був і комірником, і вантажником одночасно, але, попри чималий обсяг роботи, робив свою справу впевнено і неквапливо. З молодим експедитором у нього якось відразу налагодилися дружні стосунки. Щоразу, коли зустрічалися, головний комірник знаходив час, щоб перекинутися з ним парою добрих жартів. Але зараз Оліверу явно було не до сміху і дружніх бесід.

Занурений у невеселі думки, він неуважно спостерігав, як дужий Нік граціозно пурхає біля своїх стелажів.

«Він схожий на летючого слона», — похмуро подумав Олівер. Тим часом споглядання Ніка за роботою трохи поліпшило йому настрій. Зрештою, попереду ще один робочий день, який треба пережити.

Відібраний товар завантажили у багажник автомобіля, і, відсалютувавши на прощання, Олівер узявся виконувати свої прямі обов'язки — розвезення замовлень.

Напевно, цей момент був найбільш приємною подією його робочого дня: залишити свою машину на корпоративній стоянці й перебратися за кермо новенького білого пікапа. Потужний і блискучий повноприводний позашляховик... Щойно рука Олівера лягала на кермо, а мотор, завівшись, відповідав м'яким бурчанням, світ навколо змінювався. На якийсь час хлопець ставав господарем цього елегантного хижака білої масті, його повелителем, і з ним міг вирушити куди завгодно, якби побажав. Одразу завзято починало підморгувати сонечко, кидаючи зайчики в дзеркала бокового огляду, і дівчата на вулицях, обертаючись у його бік, якось уже дуже ласкаво усміхалися білому пікапу... і, звісно ж, водієві. А те, що машина належала фірмі й увечері він був зобов'язаний повернути її, — не біда! Про це на якийсь час можна й забути, плавно розсікаючи по міських вулицях і ловлячи захоплені погляди. У такі моменти співробітник фірми «Сіті груп» почувався справжнім пікапером, а не просто експедитором, який лише доставляє на службовому авто товари клієнтам.

Мимохідь переглянувши список адрес замовників, він одразу ж накидав собі план маршруту. На всі автомобілі фірми було встановлено GPS-навігатори, проте Олівер вважав образливим для себе користуватися цим технічним досягненням: він народився й виріс у Мідлтауні і вже пару років розвозить косметику — чи ж йому не знати всіх вуличок-провулків-вигинів рідного міста?

Робота не дуже стомлювала: колесити по місту на пікапі було для нього насолодою. Ось тільки клієнти іноді траплялися ну ду-у-уже неприємні. Непогано б декого з людей замінити роботами, щоб не доводилося спілкуватися із невдоволеними замовниками і вислуховувати їхнє буркотіння! У роботів немає емоцій: зустрів на порозі, взяв товар, черкнув підпис про отримання — і покотив собі на своїх коліщатках...

Вискнули гальма: замріяний Олівер мало не пролетів на червоне світло, але вчасно зупинився. Це була одна з його переваг: часто тіло реагувало на ситуацію раніше свідомості.

«У тебе просто спинний мозок краще прокачаний, братухо, тому ти такий швидкий», — якось сказав йому один хлопець, з яким Олівер познайомився на заняттях з боксу. Правда, після першого нокауту Олівер на тренування більше не приходив: швидкість реакції не завжди рятувала від залізних кулаків супротивника. Синець під оком був знатний, довелося вигадувати історію про героїчний порятунок дівчини. Її оточив натовп агресивних покидьків, а він, певна річ, не зміг пройти повз і... Ну, далі — сюжет класичний, це вам будь-хто скаже.

Але ось непоправним брехуном він ніколи не був. Швидше — чесним романтиком-фантазером, а брехав лише за потреби, коли нічого іншого не лишалося.

# ГЛАВА 4

Перший клієнт виявився надзвичайно нудним — влаштував півгодинний допит про переваги і недоліки асортименту засобів косметики компанії «Сіті груп». До другого довелося пхатися у протилежний кінець міста. Правда, цей покупець належав до розряду «нормальних»: по-перше, містер Пітерсон був постійним замовником, а по-друге — мав напрочуд спокійний характер. Мабуть, якби по радіо оголосили, що Земля вибухне через п'ять хвилин, для нього це не стало б причиною відмови від чашки чаю. Він ніколи не затримував експедитора: всі свої запитання ставив заздалегідь і тепер просто перевірив відповідність товару.

Звільнившись через п'ять хвилин, хлопець рвонув до центральної частини міста, на площу Арбор. Саме там розташовувався бізнес-центр «Соло», а в ньому — салон краси «Нью Лук», що періодично замовляє косметичні засоби. Туди слід потрапити близько дванадцятої: в обідню перерву на зазвичай забитій людьми і машинами площі було легше знайти місце для стоянки. Охоронець з прохідної так звик до появи цього дивакуватого хлопчини з великою сумкою, що рідко коли зупиняв його для перевірки.

Але саме сьогодні салон нічого не замовляв. І все ж білий пікап підрулив до площі Арбор у звичний час. На парковці біля бізнес-центру вільних місць, природно, не знайшлося, і Олівер прилаштував свій транспорт до узбіччя біля невеликої закусочної. Підхопивши об'ємну сумку, експедитор кинув туди пару коробок навмання і бадьоро побіг до громаддя «Соло», що виблискувало під сонцем дзеркалами та хромом.

Побачивши хлопця, напівсонний від нудьги охоронець лише ковзнув поглядом по набитому знайомому баулу, після чого мляво кивнув у бік турнікета — проходь, мовляв, не затримуй чергу.

Зараз Олівер ясно згадав свою першу поїздку сюди, в салон краси «Нью Лук». Тоді із самого ранку лив дощ — такий сильний, що його куртка повністю промокла за кілька хвилин, поки він біг від машини до будівлі. З волосся струменіла вода, намагаючись потрапити за комір, а папка з паперами, яку він тримав у руці, стала слизькою. Загалом ранок видався ще той! Вишенькою на торті всіх цих неприємностей став розв'язаний шнурок — Олівер послизнувся на гладких плитах коридору, дивом устоявши на ногах. Змахнувши руками, він випустив папку з рук, яка, схоже, відчула свободу і злетнулася вгору. У польоті віялом по всій підлозі розлетілися папери...

Проклинаючи все на світі, він кинувся піднімати документи, як раптом чиясь рука спритно замигтіла поруч, зібрала аркуші акуратним стосиком і простягнула йому. Здивовано глянувши уверх, збентежений своєю незручністю, хлопець зустрівся з відкритим поглядом виразних карих очей. Їхня мигдалевидна форма, чітко окреслені вилиці й чорне блискуче волосся, стягнуте на потилиці у високий хвіст, говорили про наявність східної крові у незнайомки. Дівчина була миловидна і майже без макіяжу. На її губах грала чарівна усмішка.

— Ось, візьміть, — усміхнулася вона йому, і Олівер раптом відчув, як червоніє до самих кінчиків вух.

— Дя... кую... — видихнув хлопець, незграбно складаючи папери назад в папку.

У цей самий момент він був готовий стукнутися головою об стінку — як покарання за свою незграбність. І ще багато чого міг зробити, проте запитати ім'я у цієї незвичайної дівчини виявилося понад його сил.

— Будь ласка, — вона зробила крок убік, прямуючи далі по коридору, але знову затрималася, по-своєму зрозумівши пониклий і розгублений погляд симпатичного молодого чоловіка.

— Може, вам потрібна підказка? Куди ви прямуєте? — запитала привітно.

— Я вже віддав товар... просто шукав вихід, — чесно зізнався юнак, бо нічого більш підхожого не придумав.

Він взагалі-то не боявся знайомитися з дівчатами, хоча в уяві це виходило краще, ніж наяву... Але і в реалі він за вдалого збігу обставин міг проявити свій інтерес до вподобаної дівчини і навіть справити враження. Може, впевненості йому іноді й бракувало, але на виручку завжди приходили природна чарівність і почуття гумору. Та ось саме зараз, завмерши із злощасною папкою посеред коридору, не міг згадати нічого такого. І тому говорив правду.

— А-а-а, ну тоді нам по дорозі, — дівчина кивнула в дальній кінець коридору, ніби запрошуючи хлопця за собою. — Я якраз збиралася вийти на обід. А в наших лабіринтах і правда можна заблукати, — додала вона, щоб трохи розвіяти його збентеження.

Усю довгу, дуже довгу (так йому здалося) дорогу по коридору він відчайдушно шукав фрази для невимушеної бесіди, але, коли вони вийшли з дверей офісного поверху на сходи, потрібні слова все ще не були знайдені.

— Ну ось ми і на свободі, — пожартувала дівчина. — Далі ви дорогу знаєте.

Її підбори легко застукали по кам'яних сходах вниз, а він застиг позаду, проклинаючи себе за нерішучість. Прекрасна незнайомка, немов гірська сарна, втекла, в той час як Олівер стояв на сходах і почувався... ні, не гірським, а просто — бараном.

Оговтавшись нарешті від світлої мани, він поплентався за дівчиною — як і вона, ігноруючи ліфт. І вже прямуючи до виходу з офісного центру, знову помітив знайому гнучку фігурку в блакитній блузці і хвіст важкого чорного волосся — вона стояла біля барної стійки, за скляними дверима маленької кафешки.

Не роздумуючи, підбадьорений такою удачею, хлопець кинувся туди. Вірніше, роздумувати він роздумував, але, як часто буває, ноги відреагували швидше мозку. Тому, опинившись поруч з об'єктом своєї уваги, він так і не встиг придумати нічого путнього. Поглянь вона зараз на нього з легкою насмішкою (як це іноді роблять дівчата) або хоча б здивовано — його і сліду не було б у ту ж секунду. Але обличчя красуні засяяло чарівною усмішкою, миттєво зачарувавши Олівера. Можливо, у неї просто був гарний настрій сьогодні...

— Дозвольте пригостити вас кавою? — раптом випалив він без передмов, чим викликав ще одну усмішку спокусниці. — На знак подяки за вашу допомогу, — додав поспішно.

— Звісно, моя допомога була неоціненною! Якби не я, ви б досі плутали в цих лабіринтах, — кивнула вона і раптом розсміялася. — І за свій подвиг від кави я не відмовлюся.

— Я — Олівер, — відкрито усміхнувся він, намагаючись «випустити на свободу» свою чарівність.

— Я — Алекс, — і собі представилися дівчина, краєм ока помітивши, що кавалер іноді «зависає», як перевантажений інформацією комп'ютер.

Подальша розмова за чашкою кави минула несподівано спокійно і навіть душевно. Як виявилося, Алекс була стилістом салону краси «Нью Лук», того самого, куди він доставляв косметику. Незабаром вони вже весело базікали. Підбадьорений її увагою, Олівер знову повернув собі звичне почуття гумору і тепер розважав співрозмовницю смішними історіями.

Кава давно була випита, і обідня перерва добігала кінця. Алекс, попрощавшись, пішла працювати, а номер телефону він у неї так і не взяв...

«Ну хіба можна бути таким розсіяним?!» — картав себе Олівер, спустившись на землю з рожевих хмар спілкування із цією неймовірною дівчиною. І він клятвено пообіцяв собі дізнатися її телефон під час наступної зустрічі. А що вона обов'язково відбудеться, у нього не було сумнівів.

# ГЛАВА 5

Минуло два дні, перш ніж він придумав маленьку хитрість: заштовхавши кілька банок косметики у сумку, примчав до будівлі «Соло» під саму обідню перерву. Піднявшись на ліфті на третій поверх, який належав «Нью Лук», зайняв вичікувальну позицію біля дверей.

Чекати довелося не дуже довго: хвилин через десять двері вкотре відкрилися, випускаючи співробітників, і шовковистим переливом майнуло пишне волосся. Розгубившись від несподіванки, Олівер одразу «пірнув» у сумку, немов шукав там щось важливе, але Алекс уже помітила його.

— Олівере, вітаю! Ви до нас?

— О, вітаю, Алекс! Радий вас бачити! Так, знову сюди дещо привіз, — відповів юнак з невимушеною усмішкою.

Він щиро сподівався, що усмішка виглядала саме невимушено, а голос звучав впевнено (не дарма ж два вечори поспіль репетирував це перед дзеркалом?!). Тепер без запинки зміг би вимовити потрібну фразу, навіть якщо б його підняли о четвертій годині ранку.

— Ну, гарного вам дня! — усміхнулася дівчина і, крутнувшись на тонких підборах, попрямувала кудись у своїх справах.

А ось такого повороту хлопець не очікував. Він розгублено закліпав, дивлячись услід тонкій фігурці.

— Може, у вас знайдеться п'ять хвилин на каву? — раптом зупинившись і повернувшись до нього, запитала вона.

А він, як за рятівну ниточку, вхопився за іншу свою відрепетирувану фразу:

COFF

— Так, звичайно, у вас тут каву готують просто відмінно! — він щосили намагався сказати це якомога буденніше.

Можливо, Алекс повірила в його пристрасть гурмана — пошановувача кави. Так чи інакше, вона знову провела годину обідньої перерви в його компанії.

Але і цього разу він забув про номер її телефону. І наступного — теж. А ще через один нарешті зміг чесно зізнатися собі самому: річ зовсім не у забудькуватості. Ну... не міг він цього вимовити вголос, просто не міг! Саме цій дівчині. Адже поки вони мило спілкуються і п'ють разом каву, нехай і як знайомі, він має можливість завдяки своїй маленькій хитрості бачити її щодня. Але попроси він її телефон, це звучало б майже як «зустріньмося ввечері». А впевненості, що дівчина погодиться, у нього якраз і не було...

Простіше прикидатися і далі, ніж зробити крок назустріч — і, можливо, отримати відмову, а значить — забути про зустрічі з нею в подальшому.

Він погодився на роль приятеля — щоб уникнути можливої втрати. І терпляче чекати, що, може, колись...

Минула ще одна година. Він сприймав, як неминуче, що вона знову погляне на своє тонке зап'ястя з витонченим золотим годинником і втече геть. Або проводжав її до дверей ліфта і тільки потім йшов. Ішов, гніваючись на себе, що і цього разу не готовий був дізнатися, чи значив він для Алекс хоч трохи більше, ніж випадковий знайомий, з яким вона зустрічалася, щоб випити кави?

Щоразу вони знаходили безліч цікавих тем: історії зі свого життя і життя знайомих, обговорювали меми в інтернеті й нові фільми, які вдалося подивитися. Виявилося, що Алекс дуже любить квіти і вдома у неї своя маленька оранжерея. А ось кішки немає, хоча вони їй і подобаються. Господар чорно-білого шкідника Тифона був з нею повністю згоден — без кота життя не те...

Як з'ясувалося, у них багато спільних інтересів, і досить скоро знайомство перетворилося на кшталт дружби. Всі охоронці на вході в «Соло» тепер віталися з Олівером, як зі старим знайомим, і ніхто більше не просив пред'явити документи. А в маленьке кафе «Релакс», де продавали дійсно хорошу каву та свіжі тістечка і де вони стали вже завсідниками, на обід щодня приходила Алекс. Тільки сюди молодий експедитор не запізнювався... Ну, майже.

Ось і цього разу, привітавшись з охороною, він відразу ж попрямував до скляних дверей кафешки. Їхній улюблений столик в кутку не був вільний. Офіціант, побачивши свого постійного клієнта, кивнув і почав готувати дві кави. Передчуваючи довгоочікувану зустріч, юнак додав до замовлення ще пару тістечок із червоною вишенькою на гірці білосніжного крему. Потягуючи каву, він став чекати...

Однак дівчина чомусь затримувалася. Нудьгуючи, Олівер дістав із сумки папку з адресами замовників і почав їх переглядати. Виявляється, один з них був через вулицю від того місця, звідки він прилетів сюди, з досадою зазначив хлопець. І знову доведеться їхати в самісінький кінець міста.

— Це все Єва, — пробурмотів він собі під ніс, — щоразу одне й те саме — як би мене ще поганяти і що б таке придумати, щоб я, не дай Боже, не почав радіти життю.

Те, що він сам не склав схему маршруту доставок на сьогодні, йому на думку чомусь не спало.

Хвилини збігали, але Алекс все ще не було. Це здавалося дивним: минуло майже два місяці, і вона жодного разу не пропустила зустріч за філіжанкою кави у «Релаксі». Навіть коли була дуже зайнята або це не входило в її плани, все одно забігала ненадовго — хоча б привітатися з Олівером і запитати, як у нього справи.

Але сьогодні її не було.

Минула година. Обідня перерва давно закінчилася, і метушлива юрба офісного планктону — основного контингенту кав'ярні — помітно порідшала, її замінили випадкові відвідувачі.

Зітхнувши і в останнє кинувши погляд на байдужі до всього стрілки настінного годинника у вигляді хвоста павича, Олівер нарешті вирішив йти. Градус настрою впав до нуля: хлопець не міг навіть зателефонувати Алекс, з'ясувати причину її відсутності — номера телефону дівчини у нього, як і раніше, не було.

Тепер доведеться чекати наступного візиту в офісний центр, щоб дізнатися, що завадило зустрічі. А раптом Алекс не з'явиться й наступного разу? Думати про це абсолютно не хотілося. Понуро опустивши голову, юнак подався до стоянки, де припаркував службове авто.

Неприємності поодинці не ходять: на передньому склі білого пікапа красувався папірець — штраф за парковку в недозволеному місці. Удвічі погано: автомобіль належав компанії, а значить, треба віддати квитанцію зі штрафом начальнику. Тому неминуча чергова лекція на тему «Нехлюйство в житті та професійній діяльності». Це на додачу до відрахування із зарплати...

Уже у препоганому настрої Олівер відчалив у дальній кінець міста — і, ясно, потрапив у тягучку, витративши ще час. В результаті весь графік розвезення змістився. За адресою останнього замовника — Лейк-стріт, 104 — після сьомої години вечора їхати було безглуздо, оскільки вулиця далеко за містом. Саме це він і спробував пояснити розлюченій офісній фурії Єві. Та, вислухавши скаргу незадоволеного клієнта, поспішила «відірватися» на винуватці, обізвавши його «нехлюєм» і «ганьбою фірми». Клятвено пообіцявши завтра найперше відвідати цю саму Лейк-стріт, «ганьба фірми» кулею вилетів за двері, відгородившись нею від обойми голок, що летіли слідом у спину...

Олівер звик покірно вислуховувати нотації, годинні догани, виховні промови і роздратовані репліки на свою адресу, але навіть для нього на сьогодні було досить. Квитанція про штраф, як і раніше, лежала в кишені. З цією неприємністю він розбереться в інший день.

Залишивши пікап на парковці компанії, хлопець пересів у свій старенький седан і покотив додому. Там він і провів би залишок дня, без інтересу витріщаючись у телевізор і жуючи піцу з мікрохвильовки, якби в двері не постукали. Не подзвонили, а саме постукали — акуратним стукотом, що нагадувало SOS на Морзе — три коротких, три довгих, три коротких. Стукати так могла лише одна людина.

Неохоче підвівшись із дивана, Олівер босоніж почалапав до дверей і впустив високого худорлявого молодого чоловіка у великих окулярах і з копицею червоно-рудих розпатланих кучерів. В одній руці той тримав об'ємний термос, а в іншій — важкий пакет. З пакета відчувався чудовий аромат свіжої домашньої випічки. Для поглинача напівфабрикатів і готової їжі цей запах був схожий на божественні пахощі.

— Привіт, сусіде! — бадьоро привітався гість і одразу пішов на кухню.

Господар квартири, не заперечуючи, потягнувся за ним слідом. А той уже затіяв бурхливу діяльність: згріб зі столу брудний посуд, відправивши його у раковину, вивудив з тумбочки дивом знайдені там чисті чашки і поставив на стіл. З тарілками такого успіху не сталося — їх довелося мити. Поки господар кухні, де давно не ступала нога людини зі шваброю, поспішно віддраював посуд, гість дістав із пакета і розклав на блюді пиріг, який дуже смачно пахнув.

— Томе, що ти знову притягнув? — нарочито байдуже спитав Олівер, при цьому розставляючи тарілки.

Тим часом, не питаючи дозволу, Том розливав по чашках ароматний чай зі свого термоса.

— Пиріг з яблуками!.. — усміхнувся він і акуратно поклав шматочок на тарілку. І ледь дочекавшись, поки сусід відкусить частування, нетерпляче запитав: — Ну як?

— Неперевершш-ш-шено! — прошамотів Олівер, із задоволенням поглинаючи свіжу, ще теплу і стовідсотково домашню випічку.

І навіть якщо б пиріг виявився неїстівним, він нізащо не зміг би сказати про це єдиному другу, для якого кулінарія була головним хобі життя. Точніше — дуже усамітненого, тихого і мізерного на події існування...

Том був ботаніком. Ні, не за зовнішністю (хоча і за нею — теж), він просто працював у ботанічному саду та займався рідкісними квітами із тропіків, подивитися на які відвідувачам можна було у тропічній оранжереї. Він годинами міг говорити про свої орхідеї, стрелітції, гусманії, таккі. І хоча його сусід важко уявляв, що це взагалі таке, розповідав Том вельми захопливо.

Правда, таким красномовним він міг бути лише у компанії друзів (до яких належав, мабуть, лише Олівер), а в присутності жінок рудий очкарик-ботанік якось одразу губився, червонів, наче школяр, і давився словами, немов погано пропеченим пирогом. Напевно, саме тому він у тридцять з хвостиком був безнадійно самотнім, а своїми кулінарними шедеврами пригощав виключно сусіда. Чому той, до слова, був тільки радий — готувати Том дійсно вмів, на відміну від Олівера.

— Смачний пиріг! — продовжував нахвалювати хлопець, дістаючи другий шматок і сьорбаючи ароматний чай.

Ботанічний сусід, до речі, не довіряв і чаю в пакетиках, вважаючи за краще складати власні складні збори — з чайних листків різного калібру, сушених квітів і трав (недарма він був ботаніком). Настрій ситого Олівера вперше за весь довгий день почав підніматися вище нульової позначки.

«Н-няв?!» — почулося з-під столу, і Тифон, задерши вусату мордочку, вимогливо помацав лапою ногу Тома, немов питаючи: як це ви про мене забули?!

Том, почервонівши від задоволення, розсміявся. Скромність аж ніяк не була рисою Тифона, зате кіт славився хорошим апетитом і любов'ю до солодкого. І тепер цей хвостатий ненажера теж претендував на свою порцію пирога.

— Вибач, зараз виправлюся, — Том відрізав невеличкий шматочок і акуратно поклав у котячу миску.

Піднявши хвіст питальним знаком, Тифон рушив у бік здобичі.

— Здається, він твій пиріг схвалив, — усміхнувся Олівер, дивлячись на кота.

— Мені теж він подобається, — кивнув Том, жуючи свій шматок.

Від природи худий, якщо не сказати — сухорлявий, ботанік давно махнув рукою на всі спроби не те щоб підкачати мускулатуру, а просто хоча б трохи набрати вагу. І беззлобно заздрив своєму сусідові, у якого із зовнішністю все склалося значно краще.

— Ну, що в тебе новенького? — запитав умілець-пекар, підливаючи собі ще чаю.

— Та нічого особливого, — махнув рукою Олівер. — Хіба що менеджерка наша на мене розсердилася, сил просто немає, — зітхнув він. — Не розумію, що їй від мене потрібно.

— Це та сама, яка до тебе явно не байдужа?

— Так, а хто ж іще...

— Що ж тоді тут незрозумілого? Ти її увагою обділяєш, ось вона і злиться, — знизав плечима Том.

— Ну, я ж не бог Аполлон, щоб усіх ощасливити своєю увагою! — вигукнув задоволений Олівер.

— Не Аполлон, звичайно. Ти — пікапер, — безхитрісно додав Том.

Олівер ледь не засяяв від такого зауваження. Якщо друг настільки високо оцінює його чарівність і вміння подобатися жінкам — може, це й справді так?

Про те, що Олівер по суботах відвідує спеціальні курси пікаперів (це ті, хто вміє подобатися дівчатам), крім Тома, не знав ніхто. Лише найближчому другові можна було довірити таку таємницю — він вже точно не розбовкає і не почне насміхатися. Сусідові й справді не спало б подібне на думку. Навпаки, дізнавшись секрет Олівера, він став просити поділитися корисними порадами, на що «обізнаний пікапер» великодушно погодився. Тим часом він не сумнівався, що жодні поради не виправлять жахливу скутість товариша у спілкуванні з протилежною статтю, але однаково чесно переказував основні «тези» уроків, а ще — купу кумедних історій про те, як освоював їх на практиці. Неважливо, якими вони були — правдивими чи густо замішаними на фантазії, — погодишся на все, якщо хочеш допомогти другу.

Насправді найбільше зараз Олівера турбувало, звичайно, зникнення Алекс, однак про це він так і не розповів Тому.

# ГЛАВА 6

Сонячне світло струменіло м'якими хвилями, дбайливо обіймаючи тіло приємним теплом. Зверху — безхмарне яскраво-блакитне небо, знизу — ніжний килим із зеленої трави. Прозора вода кришталево чистого озера відображала всі небесні фарби. А між ними, в метрі над землею, в позі лотоса ширяв монах. Його бордово-жовті шати майоріли на вітрі, і тишу порушувало лише одне вібруюче глибоке «О-о-ом-м-м-м-м...».

І ось несподівано, як грім серед ясного неба, у цьому ідилічному місці почувся сторонній звук — ще не сформований, якесь передчуття, тривожна хвиля, що раптом увійшла в дисонанс із безтурботним звучанням мантри. Монах відкрив очі і з подивом прислухався — чи то до себе, чи то до з кожною секундою все потужнішого тремтіння повітря.

А потім різкий скреготливий звук набрав силу і на шматки розірвав навколишню дійсність, немов невидимий велетень, який вирішив роздряпати залізними кігтями скляний купол небосхилу. Вітер приніс із собою запах гару, дихнув в обличчя жаром. Вода ще секунду назад незворушного озера пішла хвилями, ніби намагаючись зупинити стрімку катастрофу, що насувалася.

І раптом з'явилося дещо, джерело всього цього хаосу — назустріч озеру нісся вогненний, розпечений до червоного метеорит. Величезна хвиля піднялася і встала на диби, коли пекельний валун із жахливим шипінням торкнувся поверхні води...

Прямо посеред цього апокаліптичного пейзажу казна-звідки виникла синьо-блакитна з перламутровими переливами куля.

Її круглі, як блюдця, совині очі ледь не вилазили з орбіт, висловлюючи найвищий ступінь здивування від того, що відбувається. Майже увіткнувшись загнутим дзьобом в обличчя монаха, вона заверещала, тикаючи крилом у бік метеорита, що занурювався в уже киплячу воду:

— Ти це бачив?!! Бачив?!! Очманіти!!!

Бідолашний монах, який, побачивши падіння небесного каменю, зумів з останніх сил зберегти залишки внутрішньої рівноваги, не витримав, щойно з'явилося синє диво. Жалібно застогнавши, він закрив обличчя руками, впав на землю, боляче стукнувшись куприком, і... відкрив очі.

Важко дихаючи, Ардан вийшов з трансу, квапливо озирнувся — чи не збудив когось зі своїх сусідів по кімнаті? Хоча навряд чи можна було назвати кімнатою крихітну комірчину найдешевшого готелю, де тулилося ще п'ятеро шукачів пригод і кращої долі. Сусіди, здається, ніяк не відреагували на шум. Здоровенний афроамериканець на ліжку в кутку несамовито хропів, двоє в'єтнамців теж посвистували носами, худий рудий підліток щось бурмотів уві сні, обіймаючи подушку. Крайнє ліжко біля стіни пустувало: спритний маленький мексиканець, який спав на ньому, переважно вів нічний спосіб життя, вважаючи за краще відсипатися вдень.

Ардан віддихався, спробував заспокоїтися. Втомлено прикрив очі рукою і опустив важку голову на тонку подушку.

— Ні, ти це бачив?! Ось така величезна каменюка, і ба-бах! Бух! Шух! Тільки бризки полетіли!

Ардан розплющив одне око. Синє диво з його безнадійно зіпсованою медитації нікуди не поділося: воно стрибало по краю ліжка, розчепіривши худі крила з рідкім пір'ям блакитного кольору, і вертіло головою. Вірніше — верхньою частиною кулі, на маківці якої стирчали вуха з довгими синіми китицями на кінцях. Найбільше істота нагадувала дружній шарж на птицю, намальований синім фломастером рукою дуже юного художника. Абсолютно кругле тіло, величезні очі, рисячі вушка, коро-

тенький хвіст з кількома пір'їнами і пазуристі лапи — такого ж волошкового кольору.

— Знову ти... — простогнав монах. — Згинь!

Але істота, здається, його не слухала: вона збуджено стрибала по вузькому готельному ліжку, всіма доступними способами зображуючи, як «здоровенна каменюка» гепнулася у воду.

— Круто було! — нарешті підсумувала кулька, втомившись стрибати, і підібралася ближче до монаха, заглядаючи йому в очі. — Гарно, правда?

— Та відчепися ти! — тихо вилаявся Ардан. — Пернате непорозуміння... Іди з очей моїх! Хто тобі дозволив зіпсувати мені медитацію?

— Її зіпсувала поява метеорита, — ображено набундючилась істота. — А мені якраз хотілося перевірити, чи все у тебе гаразд. Бо щось нервовий ти став останнім часом.

— І в цьому левова частка твоєї провини!

Монах все ще був злий. Закривши очі, знову відкинувся на подушку, навмисно ігноруючи непрошеного гостя. Але того, здається, не так уже й легко було позбутися.

— Це той самий камінь, що ти думаєш? — птах-мультяшка задумливо почухав голову крилом, а потім підлетів ще ближче, влаштувавшись прямісінько на плечі монаха.

— Думаю, що так, — зітхнув Ардан.

Більше поспілкуватися однаково було ні з ким. А поговорити хотілося — адже те, що він задумав, потребувало неймовірної витримки, величезних зусиль і... в разі успіху стало б втіленням його найбожевільнішої мрії.

— Я вже вкотре бачу його у своїх снах і видіннях...

— Ти хочеш зловити його? — істота відкрила дзьоб від подиву.

— Ну, скажімо, не зловити, а... дістати.

Від азартних думок очі цього літнього чоловіка з класичною східною зовнішністю раптом загорілися, як у юнака, що мріє про кохану. Від звичної стриманості не залишилося і сліду.

— Я знаю, це — доля. Моє призначення — повернути нашому світу гармонію. Тому докладу всіх зусиль, щоб виконати її з гідністю!

Слова монаха звучали так, ніби він зараз стояв на п'єдесталі перед багатомільйонною аудиторією, а не сидів вночі на своєму ліжку в дешевому хостелі, спілкуючись зі співрозмовником, якого бачив тільки він сам.

— І тому ти йдеш до цього упиря Блека?

Ардан сіпнувся, немов на нього несподівано виплеснули відро холодної води, зруйнувавши всі солодкі мрії.

— Так, саме так! Не всі зрозуміють зараз мою жертву, але потім... та що я взагалі розповідаю якійсь общипаній синій кулі! — гаркнув він так голосно, що довготелесий рудий хлопець на сусідньому ліжку неспокійно смикнувся. — І взагалі, йди звідси! — додав Ардан вже тихіше, без зайвих церемоній струшуючи набридливе створіння зі свого плеча.

— І ніяка я не куля! Може, я сова! — огризнулася у відповідь синя пташка, полетівши шкереберть прямісінько на підлогу.

— Синіх сов не буває!

— А звідки ти знаєш? Можливо, ти просто їх раніше не бачив? Сині сови — дуже рідкісні птахи, і не кожному ідіоту усміхається щастя побачити нас! — зло блиснула очима-блюдцями дивна істота.

На прощання показавши монаху довгий рожевий язик, вона розчинилася у повітрі.

Ардан болісно зітхнув. Цей ультрамариновий кошмар, ця посмішка злого духа, втілена у пір'ї, не давала йому спокою багато років. В одній з медитацій, коли монаху здавалося, що до повного і безповоротного просвітлення рукою подати, раптом з нізвідки виникла ця крилата нечисть. І з того часу він ніяк не міг її позбутися. Що Ардан тільки не робив: упокорював свою плоть найсуворішим постом, кілька днів без перерви проводив у молитвах і медитаціях, навіть проходив обряд очищення від злих духів. Нічого не допомогло. Пернаta тварина щоразу з'являлася знову і поводилася з ним так нахабно, ніби він був їй чимось зобов'язаний. Інші монахи, почувши про біду Ардана, лише здивовано знизували плечима. А коли він спробував завести розмову про це з одним знайомим європейцем, той відверто порадив йому поспілкуватися з психіатром.

Більше про синього птаха Ардан ні з ким не говорив. Взагалі він не дуже багато розмовляв: здатність утримуватися від непотрібних слів вважалася чеснотою. Але все ж, змирившись зі своїм невидимим супутником, як з кармічним покаранням, монах почувався частково неповноцінним. Він звик до самотності і аскетизму — цього вимагав його статус, — тим часом нерідко уява малювала розпливчастий образ якогось Друга, з яким можна було б поділитися найпотаємнішим.

Такою заповітною таємницею для Ардана стала дивна легенда, що позбавила його спокою. Одна-єдина безневинна думка міцно засіла у голові маленьким паростком, з часом перерісши у нав'язливу ідею, а потім і у всеохопну пристрасть. Тепер він сам цурався товариства інших монахів, і його рідна обитель високо в горах стала ніби чужою. Він не знаходив собі місця. Він розгубив увесь свій спокій. Він шукав відповіді...

Хто шукає, той, як ведеться, рано чи пізно знаходить. Найчастіше — проблеми на свою голову, але ці деталі зараз хвилювали Ардана найменше. До благородної мети усіма правдами й неправдами! Навіть якщо це угода із самою інкарнацією зла. А монах і хвилини не сумнівався, що таємничий Блек і є справжнісіньким втіленням зла...

# ГЛАВА 7

Від думки, що тисячі рук торкалися до незграбно повзучої смужки ескалатора метро, Вільям гидливо скривився і поправив рукавички. Вони були чорними, зробленими з якоїсь, на перший погляд, незрозумілої тканини. Але якби хтось спробував приміряти цей виріб високих технологій, то дуже здивувався б. Рукавичка була м'якою на дотик і майже невагомою, проте еластичною і суперміцною. Вільям цілком міг би розважитися, запропонувавши якомусь силачу порвати її, і точно реготав би, спостерігаючи за його потугами — розірвати рукавичку з павутини руками практично неможливо. Так-так, зі звичайної павутини! Невагомі павутинки сплітаються, наче канати, в окремі нитки, а потім на суперсучасному високоточному обладнанні з них виробляється ця надматерія. Метр такої тканини коштував не менше п'ятиста тисяч доларів, що не надто хвилювало Вільяма: у нього було кілька пар таких рукавичок, плюс шарф, який він недбало намотував собі на шию, виходячи на вулицю у сиру погоду.

І ось сьогодні він, чоловік у дизайнерському легкому плащі, накинутому поверх суворого ділового костюма, у черевиках зі шкіри пітона і рукавичках за пів мільйона, мав спуститися у роззявлену пащу звичайної підземки. І цей спуск здавався йому зануренням у самісінькі глибини пекла.

Стоячи на занадто повільному ескалаторі, він з-під примружених повік спостерігав за мерехтінням внизу цілого людського моря — чорних, білих, жовтих рук, волосся і одягу всіляких кольорів і відтінків. Звідси, з відносної висоти, окремих

облич не розгледіти, і вся ця строката рухлива маса здавалася одним потоком, однією людською рікою. Тупе і брудне стадо. Мільйони болячок, мікробів і ницих пристрастей.

Вільяма пересмикнуло. З погано прихованою огидою він спостерігав за клекотом людської ями.

Цей ідіот призначив зустріч... у метро! Від цієї інформації, яку передав його повірений, у Вільяма на деякий час навіть мову відібрало. А потім він розсміявся. Ще б у громадському туалеті запропонував зустрітися! Невже цей дурень думає, що в метро, в оточенні натовпу, він буде у безпеці? Що Блек не посміє зачепити його, боячись численних свідків і можливих невинних жертв?

Та він з радістю знищив би весь цей нескінченний людський потік без будь-якої причини, лише заради санітарії — як знищують полчища клопів і тарганів. І він обов'язково зробить це! Блек (а для вузького кола — Голова) пильно подивився на натовп, ніби прикидаючи щось. Так, його люди змогли б очистити це місце лише за кілька хвилин.

Однак сьогоднішня пригода була навіть забавною. Колись у дитинстві він читав книжку східних казок. В одній з них йшлося про еміра, який іноді переодягався у простий одяг і «виходив у люди»: вештався по базару і вуличках своєї столиці. Робив це, щоб дізнатися, як живуть і про що говорять його піддані.

Голові, якщо чесно, було наплювати, як живуть його піддані. Їхнє життя не мало значення, тим паче — це все одно ненадовго. Він дивився поверх чорних, вибілених, фарбованих, лисих голів, перед тим як змішатися з ними, стати однією з крапель у цьому вічно бурхливому морі, а бачив — порожнечу. І нічого не чув. Їх скоро не стане — цих чорно-біло-коричневих...

«Ви всі вже трупи. Просто ще не знаєте про це», — подумав Блек і мимоволі посміхнувся своїм думкам. Миловидна дівчинка в отруйно-оранжевій курточці ледь не вдавилася жуйкою, випадково кинувши погляд на його обличчя, і спробувала відсунутися подалі.

Розсікаючи натовп, немов атомний криголам арктичний простір, Вільям впевненою ходою попрямував до центру підземної станції, де кілька пластикових лавок сиротливо тулилися до стіни.

Голова і монах одразу ж впізнали один одного: незважаючи на строкате скупчення людей, тут не було нікого, схожого на цих двох. Ні на худорлявого, низькорослого чоловіка у чорних окулярах, рукавичках і в дорогому одязі, ні на азіата у жовто-бордових шатах монаха.

— Вітаю вас! — трохи схилив голову у ввічливому поклоні немолодий монах — він першим привітався з чоловіком.

Але той лише сухо кивнув, одразу переходячи до справи.

— Ти впевнений у тому, що розповів мені? — трохи розтягуючи слова, запитав Блек, при цьому зневажливо розглядаючи Ардана поверх вузьких сонцезахисних окулярів, які досить безглуздо виглядали у тьмяно освітленій норі підземки.

— Так, пане, — злегка схилив голову монах, не дивлячись у обличчя співрозмовника.

У його місцевості це вважалося знаком поваги.

— І в тому, що зумієш правильно скористатися артефактом, якщо я раптом погоджуся дати його тобі?

— Звісно. Інакше я б не шукав зустрічі з вами, — таким самим рівним, ніби байдужим голосом відповів монах.

Англійською він розмовляв з помітним акцентом, але здатність опановувати свої почуття мимоволі надавала його словам значущості.

— Однак навіщо мені погоджуватися? — задумливо протягнув Голова.

— Бо без мене ви не зможете його активувати, — спокійно відповів Ардан. — У руках людини, яка не володіє таємним знанням, артефакт — просто непотрібний камінь. Але якщо активувати його і добути Душу, він перетвориться на об'єкт неймовірної сили, здатний втілити в життя найнездійсненніші бажання...

— І яке бажання є у тебе?

Монах вперше глянув на свого співрозмовника прямо, ніби роздумуючи, чи варто ділитися сокровенним з цією людиною, персоною, яка має безмежну владу, до того ж безперечно порочною, здатною на будь-які, навіть недозволені злодійства.

— Поки мені це невідомо, ні про яку угоду не може бути й мови. Я маю розуміти, до чого прагне той, хто ризикує всім. Навіть власним життям, — продовжив Блек, виділивши при цьому останні слова. — Адже ти ж не думаєш, що я віддам тобі камінь просто так?

— О, звичайно! Я розумію... — кивнув монах, і губи його ледь здригнулися у гіркій усмішці. — Добре, я розповім вам... Подивіться на світ навколо — чи все в ньому благополучно? Люди дбають лише про власний добробут, заснований на грошах. Їм однаково, що вони роблять з планетою — нашою спільною обителлю. І чималу роль у цьому відіграють релігії. Вірніше — одна, найбільш стійка й міцна — релігія грошей. Я хотів би все змінити! Повернути людей до єдиної віри, навчити їх — або змусити — підпорядковуватися одному загальному порядку, — очі Ардана фанатично заблищали. — Тільки тоді у світі запанує гармонія.

— Так, цій планеті, безперечно, варто допомогти, — додав Блек з незрозумілим смішком. — І, звісно ж, ощаслививши всіх, ти станеш новим учителем людства. Ну і само собою — Первосвященником, чи як там це у вас називається.

— Так, мені доведеться обійняти цю посаду і нести цей тягар, — кивнув монах з показним смиренням.

Тепер Блек посміхнувся вже по-справжньому — ця посмішка більше нагадувала самовдоволений оскал ситого вовка.

У ту саму секунду за його плечем, як завжди несподівано, матеріалізувалося синє створіння. Істота виразно скосила свої миски-очі на Блека і покрутила найдовшим пером біля скроні в однозначному жесті. Бідного Ардана злегка пересмикнуло — за багато років він так і не звик до непередбачуваних і часто зовсім недоречних появ свого мучителя. Жахливе створіння не думало угамовуватися: воно взялося шалено стрибати над головою Блека, мимоволі змусивши Ардана скосити очі в його бік.

— Що такого цікавого у мене над головою? — різко запитав Голова, від якого не приховалася зміна в обличчі співрозмовника.

Слідом за поглядом монаха він теж перевів очі вгору — і, ясна річ, нічого не помітив.

— Е-е-е-е-е... Ваша аура... досить незвичайна. — Ардан знову опустив очі, подумки обрушуючи прокляття на нестерпне створіння.

Блек тільки хмикнув, презирливо підібгавши губи. Повз них, похитуючись і човгаючи розтоптаними черевиками по плитах підлоги, прошкандибав бомж. Купа лахміття, напнутого одне на одне, робила його схожим на різнокольорову капусту. Синє диво одразу переключилося на нього, почавши тикати пером у бік обшарпанця і намагаючись зобразити крилами щось на зразок телефонної трубки. Ардан лише насупив брови і змусив себе не дивитися.

— Добре, я згоден, — раптом коротко кинув Блек, пильно вдивляючись в обличчя монаха.

Коли Ардан почув сказане, божевільний вогник знову спалахнув у його розкосих очах. Блек задоволено хмикнув: фанатики передбачувані, і він нічим особливо не ризикує, якщо погодиться на цю сумнівну авантюру. Він легко поверне свій артефакт. Цей дурень, спраглий врятувати світ, мав рацію: без особливих знань Камінь Дракона — один з багатьох експонатів його скарбниці — лише жалюгідна непоказна іграшка. Часу, щоб самому вивчити всі можливості Каменя, у монаха немає. Тож... нехай пробує. У разі успіху це буде джекпот космічного масштабу. А інакше Камінь просто повернеться до свого господаря...

— Ви можете довіряти мені, пане, — звичайна стриманість Ардана майже випарувалася, занадто явною була радість від перспективи швидкого володіння жаданим Каменем.

— Мені немає потреби багато говорити про довіру, — презирливо відмахнувся Блек. — Я тобі довіряю, бо у нас спільні інтереси. І, як людина розумна, ти не даси мені приводу засумніватися у тобі. Бо інакше... — натяк був більш ніж зрозумілий.

— Нехай бережуть тебе твої боги від невірного кроку.

З цими словами Блек повернувся, збираючись піти, але тут Ардан зупинив його:

— То де я зможу...

— Тебе знайдуть, — відповів Голова і, більше не звертаючи уваги на застиглого німим знаком питання Ардана, попрямував до ескалатора.

Монах провів свого недавнього співрозмовника довгим уважним поглядом. Багатьма, ох, багатьма неприємностями загрожує йому ця зустріч... Та, до якої він настільки сильно прагнув і яка нарешті відбулася.

Але зосередитися на цих думках йому не дали: ледь стрічка ескалатора приховала спину Голови, як бомж-капуста, човгаючи ногами, озирнувся, бадьоро дістав з-під свого лахміття... нову вельми важку рацію і відрапортував у неї чітким голосом працівника охоронної структури:

— П'ятий, П'ятий, я Третій! Об'єкт покинув зону.

— Зрозумів — продовжувати спостереження! — почувся поруч вже інший голос.

Здивовано обернувшись, монах помітив за два кроки від себе маленького корейця з точно такою ж рацією, який досі, здавалося, мирно спав на дальній лавочці, байдужий до всього на світі.

— Швидше, йолопе! — гаркнула рація жіночим голосом у руці літньої незграбної негритянки в мішкуватій сукні й величезних жовтих капцях.

— Так, капітане! — підтвердила прийняття команди безглузда на вигляд жінка.

Очима, круглими, як у сови, Ардан спостерігав, як спритно, попри свою гладку комплекцію, жінка огинає зустрічних людей, поспішаючи до ескалатора. Слідом за нею жваво рвонув з місця кореєць і теж почимчикував до підйомника. Бомж у брудному лахмітті кинувся за ними.

Тільки тепер монах зрозумів, що всі ці люди, котрі вешталися по платформі, були тут зовсім не випадково. Відчувши на собі погляд, Ардан обернувся: з-під низько насунуту на брови бейсболки на нього повіяло холодом від двох крижин — блідо-блакитних очей незнайомої жінки. Монах мимоволі позадкував.

Але істота, яка називала себе совою, здається, від усієї цієї юрби просто збожеволіла у захваті: синя кулька шалено стрибала над головами кожного із законспірованих агентів, які, як виявилося, охороняли Блека. Ардан внутрішньо здригнувся, уявивши, чим би для нього могла закінчитися ця зустріч, якби він не домовився з Головою.

Синя сова немов прочитала його думки.

— Цікаво, що б вони з тобою зробили, — задумливо протягнула вона, — якби цей, у чорних окулярах, залишився незадоволений? Отруїли б уколом парасольки? Чи непомітно задушили б? Чи... просто зіштовхнули б на рейки? Чи...

— Припини! — скривився Ардан. — Тепер, напевно, у мене розвинеться параноя, — зітхнув він.

— Це на додаток до шизофренії? — ласкаво запитала сова, заглядаючи йому в очі.

— Тьху ти... згинь, породження злого духу!

Монах осінив себе охоронним жестом і, боязко озираючись, попрямував у бік поїзда. Підніматися нагору разом із натовпом ряджених йому чомусь зовсім не хотілося.

# ГЛАВА 8

Прикрашені яскравими камінцями стрілки годинника в кафе «Релакс» ледь підповзали до обідньої години, а Олівер уже сидів на своєму посту. Від забутої чашки кави йшов приємний аромат, але думки хлопця вилися далеко звідси.

До вчорашнього дня він чесно вірив, що його з цією чарівною дівчиною з «Нью Лук» об'єднують хіба що приятельські стосунки плюс трохи легкого флірту... І ось, варто було їй один раз не з'явитися на умовно-домовленому місці, як найпохмуріші думки почали водити у його голові хороводи, а ревнощі — зубастим звіром гризти пожмакане самолюбство.

Якщо розібрати їх спілкування за правилами справжнього пікапера, то з самого початку він зробив максимальну кількість помилок. Але це чомусь не завадило тривати їхнім зустрічам. Значить, він дійсно їй подобався! Що ж відбувається тепер?

Наступні тортури часом повторили вчорашні з точністю «Дня бабака»: так само наповнили кафе офісні співробітники, які жваво розмовляли й пили каву із солодощами, і так само безнадійно холонула чашка з напоєм на його столі...

Алекс не прийшла.

Обідня перерва закінчилася, і Олівер, мовчки розплатившись, з похмурим виглядом рушив до виходу, супроводжуваний співчутливим поглядом офіціанта.

Усе, що сталося з ним далі, нагадувало сюжет на рідкість нудного фільму жахів. Він, як з'ясувалося, переплутав замовлення і, ледь включивши телефон, побачив дев'ятнадцять пропущених дзвінків: з офісу, від клієнта, якому привіз не те, що потрібно, і від іншого — той погрожував більше ніколи нічого не замовляти у компанії, в якій експедитори спізнюються на декілька годин.

Довелося летіти спочатку до цього скандаліста, а потім повертатися до другого, чиє замовлення надійшло в інше місце. Як на зло, помилково відвіз дорожчий засіб — і за нього доведеться доплачувати з власної кишені. Крім того, за таким же повертатися в офіс.

На цьому вервиця невезінь і невдач не закінчилася: в офісі шеф «привітав» його з приводу штрафу за неправильну парковку.

«Це заліт, бійцю», — чесно зізнався собі горе-експедитор і приготувався вислухати лекцію на тему «Нехлюйство і життя». Сольна арія шефа вклалася всього у десять хвилин, після чого він вигнав Олівера з кабінету «геть із очей».

Підраховуючи подумки, чи залишиться хоч щось від зарплати після погашення всіх штрафів, хлопець поплентався до дверей офіс-менеджерки.

— Уяви собі! — почув він знайомий голос за дверима, це Єва давала волю емоціям — її голос розгніваної сороки можна було почути ще з протилежного кінця коридору. — Вкотре так облажався! Та якби я була шефом — гнала б таких робітничків поганою мітлою з нашої компанії!

Останні слова Єва сказала, коли Олівер увійшов, але ця стервоза навіть на обличчі не змінилася.

— Ну гаразд, дорогенька, я тобі потім передзвоню, — проспівала вона і поклала трубку. — Чого тобі? — гаркнула, забувши про елементарну взаємоповагу та корпоративну етику.

— Мені замовлення виписати — на той товар, що переплутали.

— ПереплутАВ, — повторила Єва, виділивши останній склад, і потягнула до себе клавіатуру. — Ти ж в курсі, що різницю вирахуємо з тебе? — спитала вона, вже не дивлячись на Олівера.

— Та які вже тут сумніви, — спробував він сказати ущипливо у відповідь, але вийшло це якось жалюгідно.

Отримавши свою роздруківку, хлопець гірко рушив у бік складу. Цей бридкий день, схоже, буде тривати вічно.

# ГЛАВА 9

— Викликали, сер?

Блек відірвав знудьгований погляд від паперів і зупинив його на дівчині, яка застигла натягнутою струною за декілька кроків від його робочого столу. Скромно інкрустований платиною стіл із чорного дерева був таким величезним, що навіть у його неосяжному кабінеті займав добряче місця. Він немов для того і слугував, щоб якомога більше віддалити відвідувача від господаря кабінету, ніби натякаючи дрібній сошці на її місце. У цьому приміщенні — з п'ятиметровою стелею, бездоганно білими стінами і чорною гладкою, натертою до дзеркального блиску підлогою — відвідувач і так почувався мишею під мікроскопом, але стіл значно посилював це відчуття. Врешті візитер часто забував про те, навіщо сюди завітав, найбільше йому хотілося тікати або ж просто випаруватися.

Але блондинка навпроти, схоже, була не з лякливих. За кілька років служби у Голови вона вже адаптувалася і до його кабінету, і до нього самого.

Вільям Блек подивився на дівчину в упор:

— Тобі не здається, Олівіє, що ти занадто засиділася у великому місті? Не хочеш трохи прогулятися?

— Чому б і ні? — трохи звела одну брову Олівія (у неї це кумедно виходило). — Куди треба їхати? — поцікавилася вона буденно.

— А ось це краще знає такий собі пан Ардан, тибетський монах. У нього своя думка про складання маршруту. Він узяв у мене в борг один предмет... цілком ймовірно — некорисний.

А може, й ні, все залежить від того, чи настільки цей монах божевільний, яким здається. Думаю, було б безпечніше і для старого, і для моєї штучки, якби ти супроводила його у цій подорожі.

— Під ручку? — вуст дівчини трохи торкнулася усмішка, але очі продовжували дивитися холодно — світло-блакитні, як дві крижинки.

— Ні, йому не варто тебе бачити, тому не думай посилати свою армію нероб! Вони його тільки налякають. А цей монах не повинен сумніватися у тому, що ми довіряємо йому.

На слові «довіряємо» Олівія не стрималася від усмішки, і її миле личко відразу набуло трохи хижого виразу. Посміхнувся і Блек.

— Довіра — це така тонка матерія... що мені буде спокійніше, якщо ти постережеш її.

— Можна запитати, сер?

— Катай, — кивнув Блек.

Тільки під час спілкування із найближчими підлеглими він дозволяв собі трохи фамільярності — це був особливий показник прихильності. Решта удостоювалися незмінно крижаної ввічливості. Але ця дівчина, незважаючи на свій молодий вік, не раз встигла довести йому свою відданість. І річ, як йому казало про це його особливе чуття, була не тільки в грошах: їй самій подобалося відчувати себе частиною чогось значного і служити такому могутньому пану.

Це, звичайно ж, лестило, тому Олівія Берн частіше за інших наближених удостоювалася від нього лайливого слівця або гострих зауважень, чим могла вже пишатися.

— Що це за предмет?

— Якийсь артефакт під назвою Камінь Дракона. З ним пов'язана легенда: в певний час і в певному місці з його допомогою можна викликати Чорного Дракона — втілення рівноважної сили.

— Дракона?! — тепер Олівія дивувалася по-справжньому.

— Саме так, — поблажливо кивнув Блек. — У будь-якому разі божевільний монах, здається, щиро вірить у легенду. Може, цей камінь — лише каменюка, знайдена на узбіччі дороги одним пройдисвітом і продана якомусь диваку за пристойні гроші. А може... Ну, шкоди не буде, якщо монах на свій страх і ризик випробує артефакт. А щоб страх його не зник, коли раптом у нього щось вийде, ти будеш поблизу. І спрямуєш на шлях істинний заблукану душу... Ти це вмієш.

Олівія стримано кивнула, приховуючи посмішку. Так, саме переконливість була головною рисою блондинки, за що її цінували в особистій спецслужбі Голови Блека. Незважаючи на витончену фігуру і середній зріст, дівчина дуже дохідливо висловлювалася на загальнодоступних навіть для найвідсталішого аборигена мовах карате і ушу. Зазвичай розуміли її з першого удару. І сьогоднішнє завдання — охороняти якогось недоумкуватого монаха з каменюкою — було схоже на поїздку на курорт.

— Я можу йти?

— Іди, — відповів Вільям. — Все про нашого підопічного дізнаєшся у Меда.

Олівія, кивнувши, швидким кроком попрямувала до дверей, знову залишаючи Голову на самоті.

Вільяму чомусь згадалася їхня перша зустріч. Авжеж, важко забути, коли твій начальник особистої охорони, який бездоганно володіє всіма видами зброї і майстерною технікою бою, після якоїсь вечірки з'являється... з погано замаскованим синцем під оком! Здивовано роздивляючись фіолетово-чорну пляму на квадратній фізіономії Меда, Блек тоді вигукнув:

— Чарівно! Чудово! Хто зробив таке з тобою?

Двометровий плечистий здоровань тільки промимрив собі щось під ніс і насупився. Але Блека така відповідь не влаштовувала.

— Приведи його до мене! Сьогодні ж! — заявив він тоном, що не терпить заперечень. — Я маю побачити цього умільця!

Того ранку Вільям зазначив, що ще не втратив здатність дивуватися. Однак справжній шок чекав його ближче до вечора, коли Мед, чорний, як хмара, заштовхав прямо в його кабінет худе створіння з фіолетовим волоссям, яке стирчало у різні боки, і густо підведеними чорним очима дикої кішки. Охоронець грубо штовхнув дівчину вперед — вона дивом не впала, спритно зберігши рівновагу, лише рипнула носком рваного тенісного черевика по блискучому мармуру.

— Що це? — не зрозумів Блек, гидливо скрививши рот у відразливій гримасі.

В ту ж хвилину ходяче непорозуміння стрибнуло на стіл Блека — так блискавично, що Мед не встиг її зупинити. І в наступну мить сонної артерії Голови торкнулося вістря невеликого канцелярського ножа.

— Накажи цим виродкам відпустити мене, інакше буде дірка — ось тут, — дівчисько легко кольнуло кінчиком ножа шию Блека, який аж округлив очі від подиву.

Він жестом зупинив Меда, що кинувся на допомогу, і ще з десяток хлопців у чорних костюмах, які раптом незрозуміло звідки з'явилися у кабінеті.

— Тихо, тихо... — прошепотів Голова. — Чорт забирай, вся моя охорона... а це... ой...

Плечі Блека затряслися. Нападниця здивовано дивилася на свою «жертву». А він просто сміявся — довго, до сліз.

— Ну, хлопці... Хвацько вона вас усіх... А ти — злізь зі столу! Це некультурно, — пересміявшись, наказав Голова.

Він акуратно прибрав руку дівчини з ножем від свого горла. Та трохи розгубилася, але зберігала спокій, хоча була вже й не так упевнена: вигляд десятка стволів, спрямованих на неї з усіх боків, схиляв до розсудливості.

— Як тебе звати? — запитав Блек, розглядаючи її з неприхованим інтересом.

Рвані джинси і біла майка. Років їй було не більше вісімнадцяти-дев'ятнадцяти.

— Олівія, — відповіла та, не зводячи погляду зі спрямованої на неї зброї.

Охоронці в однакових чорних костюмах нагадували беззвучні тіні.

— Це ти його... так? — Вільям весело кивнув у бік Меда.

— А не треба... руки розпускати! — огризнулася мала.

— Чарівно! — продовжував захоплюватися Блек. — Здається, ти за адресою, Олівіє. Давно мені хотілося трохи, е-е-е... урізноманітнити свою охорону. Працюватимеш у мене?

— А скільки платиш? — не розгубившись, пацанка відкинула вже непотрібний канцелярський ножик і з гордою фізіономією склала руки на грудях.

— Достатньо, — м'яко кивнув Блек. — Якщо, звичайно, доведеш свою корисність.

— Що робити треба? Замочити когось? — діловито поцікавилася вона.

— Ну, це ще встигнеш. Поки трохи підучишся деяких речей... і зокрема манерам.

Дівиця зневажливо фиркнула, але заперечувати не стала. Здається, на неї справила враження владна аура цього дивного чоловіка з не менш дивного кабінету. Вихована вулицею, Олівія вміла швидко визначати ватажка в будь-якій зграї — інакше не можна, питання виживання. І тепер чуття підказувало, що у неї з'явився шанс отримати дуже великі можливості... І таких же розмірів проблеми. Але одне без іншого зустрічалося у житті рідко.

— Сім'я у тебе є? — поцікавився Блек, і шафоподібний Мед уважно подивився на шефа поверх темних окулярів: йому рідко доводилося бачити господаря таким співчутливим.

— Можеш вважати мене сиріткою, — хмикнула дівчина, а Голова звернувся до Меда:

— Відведи її до Сенсея, нехай займеться. І, мабуть, потім — до мадам Жено... Нехай і вона докладе руку. Подивимося, що вийде з цього бур'яну...

Про своє рішення шкодувати йому не довелося: дуже скоро ця панянка, залишаючись непомітною там, де його інші відморозки незмінно засвітилися б, довела свою корисність. Самій же Олівії не так були страшні жорсткі спаринги із Сенсеєм, як уроки мадам Жено, яка навчала її правилами поведінки у суспільстві... Але і те й інше пішло їй на користь — і зараз, разом з Медом, дівчина була однією з довірених осіб Голови. Хоча стосунки з начальником його особистої охорони і понині залишалися прохолодними.

# ГЛАВА 10

Кожен новий світанок Ардан зустрічав з надією, що саме сьогодні він роздобуде жаданий артефакт. Однак час минав — і все безрезультатно...

Але якось вранці одного звичайного дня на вулиці до нього підійшов величезний здоровань з обличчям, що нагадувало маску кам'яних ідолів з острова Пасхи. Він просто засунув монаху у руки звичайний паперовий пакет — і в наступну секунду зник. Нарешті здійснилася мрія Ардана — він отримав Камінь Дракона! Не гаючи часу, він одразу вирушив у дорогу, адже й так чекав занадто довго...

Камінь на вигляд був простою каменюкою невизначеного сіро-бурого кольору. Жодних особливих вібрацій від нього поки не виходило. І все ж він чомусь зберігався у самого Блека — темної конячки злочинного світу, людини, яку боялися навіть найнебезпечніші мафіозі, а отже, цей камінь явно незвичайний. Тому варто було негайно знайти відповідну зону, де він зможе активуватися. Таких було кілька — місць стародавніх святилищ, здебільшого — давно закинутих руїн, які, однак, не втратили енергії. Розташовані на перетинах ліній сили, вони немов чекали свого часу, щоб прокинутися. У Ардана була карта з позначенням таких місць (уф, і згадувати не хочеться, на що він пішов, щоб роздобути її!) — найближча точка була в невеликому місті, розділеному річкою. Потягом туди — лишень кілька годин їхати...

Монах уже вийшов на перон, але все ніяк не міг заспокоїтися. Невже його мрія, найбільша за все життя, так близько? Він щохвилини обмацував крізь тонку тканину худої сумки свій скарб: від нерівних вигинів каменю, здавалося, відчувався легкий холодок.

— Ой, перепрошую! — скрикнула якась дівчина, необережно налетівши на нього і ледь не збивши з ніг.

— Нічого страшного, — пробурмотів Ардан.

Йому було не до розсіяних дівчат. Всі думки зараз крутилися навколо головного запитання: чи правильно записав заклинання? Особливість древніх ієрогліфів, які він зміг розгледіти на напівзотлілому від часу сувої, в тому, що їхнє значення (як і вимова) залежить від накреслення окремих дрібних деталей, а вони на древньому папірусі затерлися.

— Сподіваюся, я все зрозумів правильно, — бурмотів Ардан, намагаючись внести спокій у свої розтривожені думки. — Здається, сам великий Дух Дракона веде мене цим шляхом, відкриваючи двері! Тож помилка тут виключена.

— ...Помилка ТЕПЕР виключена, — задоволено хмикнула Олівія, клацаючи кнопками маленького приладу.

Жучок прекрасно прикріпився до одягу монаха, дозволяючи не тільки чути всі звуки поруч з ним, а й визначати, на якій відстані перебуває об'єкт, з точністю до кількох метрів. І немає потреби постійно тримати «підопічного» у полі зору.

Схожий на мобільний телефон, прилад не привертав уваги — так само, як і навушник у вусі самотньої мандрівниці — любительки музики.

Залишалося тільки сісти у потяг.

# ГЛАВА 11

— Це казна-що! Ти коли повинен був відвезти замовлення на Лейк-стріт?! — надривно волала трубка голосом Єви, і Олівер мимоволі поморщився.

Їй би закликальником працювати на блошиному ринку — відбою б не було від покупців. Вона б їх просто глушила своїм вереском, як рибу.

— Ти мене чуєш?! — перепитала трубка, вирвавши юнака з роздумів.

— Так точно, командире! — неголосно відповів він.

— Що ти сказав?! — трубка засичала настільки люто, що Олівер підозріло покосився на свій телефон: чи не закапає звідти раптом отрута?

— Чую погано, кажу... — втомлено видихнув він. — Ну, Євочко, зглянься — сьома година вже, а якщо ще шукати цю невідому зачаровану адресу...

Покладатися на душевну доброту менеджерки не було сенсу, і все ж, як відомо, надія вмирає останньою...

— Або ти їдеш, або я ставлю питання перед шефом! Або ти, або...

— Гаразд-гаразд, здаюся, — капітулював лузер «Сіті груп», подумки поставивши хрестик на могилі невинно вбитої надії провести вечір п'ятниці у приємній атмосфері якогось клубу. І додав: — Але тільки заради тебе!

— Заради мене?! — по то бік пролунав сміх. — Так на тобі вже стільки гріхів, Олівере Сміте... Зараз же вирушай за адресою! І не забудь вибачитися перед клієнтом за запізнення.

Збреши щось. Ти ж у цьому мастак, — отруйно додала Єва. — Приємних вихідних!

— І тебе туди само... І тобі того самого, кажу! До побачення, — нарешті він завершив неприємну розмову і, видихнувши, кинув трубку на пасажирське сидіння. Вже краще їхати в п'ятницю ввечері хтозна-куди, ніж ще раз вислуховувати її балаканину.

Цього разу Олівер перевірив наявність замовлення: те нікуди не поділося за ці три дні, спокійно чекаючи свого часу на задньому сидінні пікапа. Хлопець вирішив розправитися з останнім пунктом якомога швидше. Навіть, відступивши від принципів, включив навігатор: заблукати за містом казна-де, в той час як інші вже щодуху веселяться і відпочивають, не дуже вже й хотілося. Ще й погода не викликала особливої довіри: з полудня небо затягнуло низькими хмарами — сизими, немов їх хтось ретельно розфарбував простим олівцем. От-от поллє дощ...

Навігатор «порадував»: Лейк-стріт, яка на околиці Мідлтауна, закінчилася будинком під номером 76, продовжилася за містом подвійним рядом невеликих приватних будиночків. На одному з них значився потрібний номер — 104. Але щоб дістатися туди, потрібно було або їхати по об'їзній дорозі не менше двадцяти зайвих кілометрів, або топити прямо через ліс. І хоча навігатор показував цю тонку смужку, яка розсікала на мапі зелений простір, як асфальтовану дорогу, чуття натякало: вона цілком може виявитися ґрунтовою. Між іншим, долати зайві перешкоди в п'ятницю ввечері страшенно не хотілося! Та й хмари трохи розвіялися... Чому б і не ризикнути?

Білий пікап попрямував до виїзду з міста. Кучеряві силуети дерев красувалися на тлі темного неба: мідлтаунський парк, що переходить у звичайний ліс.

Трохи поблукавши серед паркових проїздів, Олівер знайшов дорогу, на яку вказував навігатор, — вона була з асфальтовим покриттям.

Але радість тривала недовго: за алеєю з декоративних блакитних ялин — символічною межею міста — закінчився і асфальт. Щоправда, для пікапа відсутність дорожнього покриття не була проблемою: машина продовжувала їхати плавно, просуваючись, як дивовижний білий корабель, серед заколисаних зелених хвиль. Тільки повітря тут було не морське, солоне і вологе, а лісове — щільне, насичене ефірними маслами хвої, ароматами моху та листя.

Знову зануритися у свої думки цього разу не вдалося. Незвичні міському жителю звуки лісу, що атакує поривчастий вітер, чомусь викликали незрозумілу тривогу. Опинитися б зараз подалі звідси, десь за затишним столиком, слухати модну музику, а не це дивне завивання: чи то вітер у вершинах сосен, чи то вовки...

«Вовки на околиці Мідлтауна?» — така думка здалася смішною; ймовірно, робочий тиждень і справді був важким, якщо уява малює казна-що.

«А може, причина в іншому? — шепнув внутрішній голос. — Може, все тому, що я не бачив Алекс цілих три дні?»

Чомусь розсердившись на самого себе, Олівер постарався думати про щось інше і включив на повну гучність радіо.

«У-у-у, на-на! У-на-на!» — зазвучало, запульсувало в салоні, видаючи потужні хвилі баса.

— У-у-у, на-на! У-на-на! — і собі почав підспівувати Олівер, намагаючись перекричати близьку тугу. — У-у-у, на-на! У-на-на!..

# ГЛАВА 12

Ардан здригнувся, як від удару, і ривком вийшов із медитації.

— Жах! І це вони називають музикою? — зойкнув старий, розтираючи ноги, що затекли від довгого нерухомого сидіння.

— У-на-на! Ча-ча-ча!

З повітря матеріалізувалася синя сова і застрибала навколо монаха, ритмічно струшуючи хвостом. Він навіть не удостоїв її поглядом, всю увагу зосередивши на всесвітніх знаках, — слід було відшукати і розшифрувати їх. Але знаків особливих не було: хіба що похмурі дощові хмари збиралися над головою, приховуючи небо своїми свинцевими пухкими боками. Якщо це знамення, то досить несприятливе, яке віщує похмурий прогноз. Однак навряд чи можна вважати знаком звичайне явище природи. Ну справді, не може ж бути Всесвіт проти задуманої ним великої місії!

Та й те, що його за час медитації неслабо покусали мурашки, — теж лише збіг.

На колінах у монаха спочивав Камінь Дракона — так само неживий і сірий, як і раніше. Від холодного вітру він став здаватися ще більш захололим — ось єдина зміна, що відбулася з ним.

— Ну що, нічого не вийшло? — запитала псевдосова, залишивши свої танці і підлетівши ближче.

— Звідки ти знаєш, що не вийшло? — розсердився Ардан. — Для цього потрібен час!

— А ти впевнений, що місце вибрав правильно? Тут же нічогісінько немає! Звичайна галявина, ще й над самою дорогою, — химерний птах цього разу, здається, не знущався, а дійсно хотів допомогти.

— Упевнений! Я вибрав місце точно за картою. І час — теж підходящий, на молодий місяць, Сатурн у Козерозі, Венера у квадраті Діви...

— Квадра... чого?

— Діви! І взагалі, не заважай мені зосередитися! — шикнув Ардан на дещо пернате, після чого знову спробував зануритися у медитацію, закривши очі.

«З ким це він розмовляє?» — зацікавилася Олівія і обережно звісилася з гілки.

Монах сидів один, обхопивши руками змерзлі щуплі плечі. Ні поруч з ним, ні віддалік — нікого.

— Точно божевільний, — зітхнувши, пробурмотіла дівчина, приймаючи колишню позу.

Тільки повний ідіот поперся б у ліс відразу після приїзду в місто — ні пообідати, ні хоча б душ прийняти! І їй, звичайно ж, довелося волочитися за ним слідом. Те, що здавалося спочатку забавною прогулянкою, починало помітно дратувати. Ось і сиди тепер тут у сутінках на гілці, як птах, і чекай невідомо чого. Цей бовдур може простояти тут і до ранку, хто б сумнівався! Він же монах, у нього всі бажання приборкані. І живіт, напевно, не зводить від голоду... Він і тиждень просидить у медитації, що йому зробиться! А ось їй в такому разі доведеться відрощувати пазурі, щоб непомітно лазити по деревах і полювати на птахів.

Новий порив вітру виявився ще більш холодним — у своїй тоненькій курточці Олівія встигла добряче змерзнути. Добре хоч джинси і взуття виявилися придатними для цієї «прогулянки». Так, але на таку погоду вона явно не розраховувала.

У мірний шепіт листя додався ще якийсь новий звук, частий і дрібний. Минуло кілька секунд, перш ніж вона здогадалася, що це...

— Дощ!

Олівія швидко обтрусила з волосся перші важкі краплі. Тільки цього бракувало — промокнути наскрізь у чужому лісі, в темряві, далеко від міста!

— Сама просила душ, ось тепер і радій... — прошипіла дівчина, майже з ненавистю вишукуючи очима помаранчеве вбрання монаха.

Той, здавалося, навіть не відчув дощу, у будь-якому разі він ніяк на нього не відреагував. Так само нерухомо сидячи на галявині із заплющеними очима, він скоріше був схожий на скульптуру, ніж на живу людину.

# ГЛАВА 13

Бідний Ардан поник. Навіть складки його балахона сумно притискалися до тіла. Це було неймовірно важко, майже нездійсненно — зізнатися собі, що у нього нічого не вийшло.

З неба лив дощ, посилюючись з кожною хвилиною. Він був злий і холодний, заповзав за комір, бив сирою вологою прямо в очі.

— У мене нічого не виходить... — ледь чутно прошепотів монах синьому птаху, який знову опинився поруч.

— Чому ти так вирішив? — здивувалося чудо в пір'ї. — Через цю зливу? Тож відразу було помітно, що її не уникнути — хмари які жирні повзали... Ти тут ні до чого зі своїми квадрантами.

— Ти так думаєш? — з надією підвів погляд Ардан.

— А що тут думати! Вшиватися треба звідси, і скоріше, поки все пір'я не намокло. Потім прийдеш за нормальної погоди і тоді викликатимеш — за ким ти там скучив. І нікуди твої квадранти не подінуться!

— Але ж правду кажеш! Якщо це і є знак зверху? Знак, що я невірно вибрав час для ритуалу, — враз пожвавішав монах. — І що треба все перевірити ще раз і спробувати знову!

Він підібрав свій камінь і піднявся із землі — вже неабияк промоклий.

— Йдемо поки що у місто, а там видно буде.

— Молодець! — крякнув птах, встрибуючи у сумку Ардана.

Монах квапливо кинувся в бік дороги, поки лісовий ґрунт під ногами ще не розкис остаточно.

Небо над головою все дужче наливалося свинцем. Різко потемніло. Шалений вітер із силою тряс настороженi перед грозою дерева, від чого ті здавалися живими. Світло фар вихоплювало з темряви танцюючі тіні, які зустрічали Олівера вже на під'їзді до лісу.

Ще не пізно було повернутися, але експедитор фірми «Сіті груп» хотів скоріше розправитися з цим замовленням.

Нарешті він доставив останню коробку з товаром за призначенням. На щастя, замовник забрав її без зайвих слів. Тепер можна було вже нікуди не поспішати — хіба що додому, де на нього чекав один лише кіт та недоїдена піца в холодильнику. Але, дивлячись на чорні тіні гілок за вікнами пікапа, Олівер раптом відчув щось незвичайне: щось на кшталт духу романтики, тяги до пригод і незвіданих відчуттів. Ситуація, яка досі викликала в душі тільки роздратування, зараз приваблювала своєю незвичністю. Не так часто потрапляєш у нічну грозу, та ще в лісі! Все це нагадувало надреалістичну комп'ютерну гру, де він був головним героєм. Тільки замість клавіатури гра управлялася за допомогою керма.

Хлопець рішуче додав газу — пікап рвонув до лісових хащ. Щойно він опинився в лісі, як зверху по даху автомобіля застукали перші важкі краплі. Невпевнене постукування через пару хвилин переросло в гучний барабанний дріб, чомусь пробудивши у серці юнака нічим не підкріплену радість.

Він натиснув кнопочку автомагнітоли, посилив звук, і, на противагу бадьорому стуканню зовні, всередині зазвучав, переливаючись м'якими басами, трохи рваний мотив пісні.

— Crash! Boom! Bang! — голосно підспівував Олівер, не соромлячись, адже почути його зараз було просто нікому.

Однак в наступну секунду його пікап, розбризкуючи навколо себе холодну рідину, загальмував усіма чотирма колесами — немов перелякана тварина, що різко зупинилася на повному бігу.

Знову його спинний мозок виявився спритніше головного: автомобіль застиг на місці, перш ніж молодий чоловік встиг повірити своїм очам — настільки несподіваною була картина перед його очима. Посеред вже розкислої від зливи дороги, в ореолі шаленого танцю тіней стояла дівчина. Вона зовсім промокла і, здається, тремтіла від холоду.

Юнак відчинив дверцята авто. Залишити в нічному лісі під дощем самотню тремтячу бідолаху — на таке здатний лише найзапекліший негідник, але ніяк не він, пікапер, славний хлопець і просто чуйна людина.

— Сідайте!

— Дякую! — дівчина спритно стрибнула на сидіння.

Вода струмками збігала з її тонкої джинсової курточки, мокрої наскрізь, і з легких туфель. Обтрусивши рукою коротко стрижений їжачок світлого, майже білого волосся, вона допитливо подивилася на Олівера. Від пильного погляду її яскраво-блакитних очей йому стало трохи ніяково.

— Як ви опинилися у такому місці в таку погоду? — гарячково згадуючи уроки на курсах, якомога впевненіше запитав хлопець.

— Гуляла... — невизначено махнула рукою вона.

Незнайомка, здається, не була наляканою й не раділа своєму несподіваному порятунку.

Доки пікапер намагався зав'язати світську бесіду й віщав їй щось про погоду, вона спокійно дістала з кишені мобільний дивної допотопної моделі і натиснула кілька кнопок. Напевно, телефон намок, тому не включався. Залишивши спробу зателефонувати, дівчина зважила апаратик на долоні, задумалася на пару секунд, а потім просто закинула непотрібну штуку в невеликий рюкзак на плечі.

Мініатюрна іграшка на панелі приладів — помаранчевий динозаврик із крихітними лапками і коротеньким хвостом, не втримався на місці й стрибнув прямо на коліна дівчині. Спритним рухом блондинка підхопила його і повернула на місце.

— Красива гроза, — немов розмірковуючи вголос, сказала раптом вона.

— Тільки красу цю краще спостерігати через щільно закрите вікно гарної машини, — усміхнувся Олівер.

Дівчина, глянувши на нього, повела тендітним плечиком.

— І мені зараз потрібен готель... Згодиться, напевно, будь-який.

— Здається, я знаю...

А що саме знав Олівер, його супутниця вже не почула: пересилюючи шум дощу, з жахливим ревом і свистом, прямо над ними щось завібрувало. Звук наростав стрімко, змусивши деренчати не тільки скло автомобіля, а й його корпус. Схоже, машина затремтіла всім своїм металевим тілом, ніби переляканий звір.

— Що це?! — видихнули хлопець з дівчиною в один голос, насторожено переглянувшись.

З подібним звуком з неба міг падати хіба що літак.

Але в наступну мить спалах світла і жахлива хвиля жару від вибуху заповнили собою все...

# ГЛАВА 14

Олівія прокинулася. Не відкриваючи очей, зробила вдих — дихати було важко. Крізь напівприкриті повіки пробивалося сонячне світло, звідкись здалеку долинав звичайний шум міста. Вона спробувала встати, але не змогла: руки і ноги були ніби сповиті.

Відчуваючи себе гусеницею в коконі, дівчина завмерла, щоб обміркувати теперішню ситуацію.

«Ось тобі й прогулянка за місто», — спливла перша думка разом із хвилею тривоги, яку, однак, Олівія звично придушила вольовим зусиллям. Вона жива. Це вже добре. Обережно поворушила пальцями — болю не було, значить, ціла. Це добре подвійно. У кого в полоні вона зараз — розбереться по ходу п'єси. І першою дією буде — нова спроба звільнитися.

Повільно, щоб не привертати до себе уваги, Олівія трохи відкрила одне око. Дивно. Вона в якомусь світлому приміщенні, за вікном, здається, вже день. Ніяких відморозків поруч не помітно. Втім, мотузок на собі вона теж не відчувала. Чим же тоді її замотали?

Згрупувавшись, блондинка одним швидким рухом вдарила одночасно руками і ногами по своєму кокону зсередини і... злетіла з дивана. Приземлившись на п'яту точку лише на секунду і одразу підстрибнувши, стала в оборону за всіма правилами бойового мистецтва.

Втім, оцінив її стрибок лише відгодований чорно-білий котяра: він з цікавістю дивився на нове явище в будинку, де явно вважав себе головним.

Дівчина здивовано озирнулася: вона у звичайній квартирі, хіба що в ній панував страшенний безлад. А кокон, що скував її, — просто велика руда ковдра, яка тепер валялася на підлозі біля дивана. Саме тут, в оточенні безлічі порожніх пляшок і банок, вона й провела ніч. Диван стояв перед телевізором. Коробки з-під піци та їжі з китайського ресторанчика скупчилися тут же. Та-а-а-ак, жінки тут точно не водяться... Але і на бандитське лігво не схоже. І ще цей кошак...

— Ей, ти хто? — неголосно звернулася до нього Олівія.

Кіт підійшов ближче, але погладити себе не запропонував, а потім попрямував кудись і, зупинившись на порозі, здивовано глянув на гостю, немов питаючи — ну, ти йдеш?

Робити було нічого, вона вирішила скористатися запрошенням пухнастого господаря квартири — у будь-якому разі інших поки не помітно. Хоча...

Олівія почула підозрілий звук через прочинені двері кімнати, куди обережно зазирнула. Хтось там виводив рулади носом. Світловолосий хлопець — її «рятівник», що з'явився вчора казна-звідки в лісі під час проливного дощу, мирно хропів, і ще вона нарешті згадала, що він запропонував підвезти її до міста.

Дівчина знала: її зовнішність справляє на чоловіків оманливе враження, і без докорів сумління користувалася цим. Ну і правда, чому б не скористатися, якщо тобі хочуть допомогти, щоб показати свою «круть» перед беззахисною кралечкою? Та на здоров'я! А в разі, якщо її уявна беззахисність раптом розв'яже комусь руки, що ж... Кістки згодом зростаються. І відразу виникає багато вільного часу, щоб подумати про життя, — а що ще робити, коли ти з ніг до голови вкритий гіпсом?..

Правда, цей молодий чоловік не був схожий ні на таємного агента, ні на викрадача. Тоді як вона тут опинилася?

Олівія зробила спробу згадати подробиці вчорашньої нічної прогулянки, але чомусь всі спогади закінчувалися на світлі фар, котрі пронизували дощову імлу, і відкритих дверцятах білого пікапа. І ще на цьому хлопцеві, який зараз спить перед нею на ліжку — повністю одягнений і навіть у взутті.

Але не могла ж вона поїхати з ним добровільно?! Навіщо? Тут щось не сходилося...

Прикривши двері в спальню, дівчина навшпиньки пройшла на кухню. Одного побіжного погляду навколо було достатньо, щоб переконатися: це дійсно житло самотнього холостяка.

«Н-няв!» — сказав кіт, торкаючись лапою холодильника.

Олівія, відкривши дверцята, взяла з полиці банку з котячим кормом. Витрусила вміст у миску на підлозі, підсунувши її ногою товстому, але явно голодному котові. Потім подумала і, діставши салямі, зробила собі сандвіч із скибкою вже черствого хліба. У голові потроху почало прояснюватися, але спогади про минулу ніч, як і раніше, залишалися у тумані. Може, її вчорашній супутник знає більше? Адже хтось замотав її у ковдру, як немовля в пелюшку!

Блукаючий погляд Олівії перемістився з кота на власні черевики: вигляд вони мали досить жалюгідний — забрьохані, з налиплими травинками і чомусь слідами попелу. Одяг виглядав не краще. Згадавши щось важливе, дівчина кинулася назад до дивана, на якому прокинулася десять хвилин тому.

Рюкзак лежав там само. Її змінний одяг і гаманець — на місці, як і прилад спостереження. Олівія швидко включила його і полегшено зітхнула: він працював справно, показуючи відстань до об'єкта в п'ять кілометрів. Чудово! Значить, знайти горе-монаха буде нескладно.

Заспокоївшись, вона, не довго думаючи, попрямувала у ванну. Раз вже прокинулася у будинку незнайомця, чому б для початку не причепуритися? Гірше точно не буде...

# ГЛАВА 15

Прокинувся Олівер від настирного стукоту в двері. Розплющив одне око, навпомацки знайшов на тумбочці будильник. Стрілки показували початок десятої години.

— І чого це Тому не спиться у таку рань? — крізь позіхання пробурмотів він, насилу розтулюючи друге око.

Але, ледве на себе глянувши, хлопець одразу схопився з ліжка. І було чому дивуватися: ще жодного разу, навіть трохи «пересидівши зайвого» у повному барі, він не дозволяв собі заснути ось так — в одязі, куртці й черевиках на додачу!

— Це як же я? — пробурмотів він, обмацуючи важку голову і намагаючись зрозуміти, чи немає пошкоджень.

Нічого не знайшовши, юнак підійшов до припалого пилом дзеркала і заглянув у нього: із задзеркалля дивилося обличчя — заспане і неголене. Олівер потер долонею темну пляму на щоці.

«Це що, кіптява? — з подивом подумав він, розглядаючи схожі плями і на своєму одязі. — Що ж таке вчора сталося?»

Але відповідати було нікому. Пам'ять вперто відмовлялася видавати спогади про минулу ніч. Нетерплячий стукіт повторився: Тома так просто не спекатися...

Натикаючись на меблі, Олівер поплентався до дверей. За нею дійсно стояв його сусід — у фартуху, із заклопотаним виглядом.

— Привіт! Я випадково не залишав у тебе велике блюдо для пирога? Воно мені зараз...

Ботанік не доказав — його щелепа відвалилася, а обличчя витягнулося від подиву. Він направив погляд кудись углиб квартири. Не маючи ані найменшого уявлення про те, що ж могло так вразити Тома, Олівер повернувся… і завмер з точно таким самим виразом обличчя.

З ванної кімнати лебединою ходою виплила симпатична блондинка. Наче й нічого особливого не відбувається, вона прямувала до них. Підхопивши на ходу з табуретки в кухні невеликий рюкзачок, граціозно прослизнула у двері повз двох абсолютно очманілих чоловіків, чарівно усміхнувшись обом відразу.

— Бувай, — промуркотала незнайомка і, чмокнувши Тома в щічку, швидко побігла вниз по сходах.

Тиша запала хвилини на дві. Здавалося, у обох хлопців відібрало мову. Тільки коли глухий звук вхідних дверей під'їзду сповістив про те, що дивне видіння зникло, Том повернувся до сусіда.

— Чому ти не попередив, що у тебе гостя? — докірливо запитав він.

— Так я і сам… — промимрив спантеличений господар квартири і знову обмацав голову: забути, чому заснув одягнений-взутий, Олівер ще міг, але от не пам'ятати, звідки тут з'явилася ТАКА дівчина — це було вже занадто!

— Ага, звичайно, ще скажи, що і сам не знав, — криво посміхнувся Том.

— Ну, взагалі…

Олівер розумів: навіть довірливий приятель йому не повірить. І хто б у це повірив!

— Загалом, я не думав, що вона так швидко втече.

— І як її звуть?

Олівер Сміт чесно знизав плечима — він знати не знав імені дівчини, так само як і те, звідки вона взагалі взялася.

— Не пам'ятаю…

— Звичайно, провести разом ніч — ще не привід для знайомства, — саркастично пробурмотів Том. — Ти ж у нас пікапер…

Він відвернувся і пішов геть, забувши про блюдо, за яким приходив.

— Але поцілувала вона тебе! — вигукнув Олівер у спину сусідові і з несподіваною образою зачинив двері.

А потім рушив у бік ванної — раптом там ще хтось ховається?..

# ГЛАВА 16

Вже опинившись на вулиці і звірившись зі своїм датчиком, Олівія вийшла до узбіччя дороги, щоб зловити таксі. Їй все ще було смішно: не щодня бачиш такі очманілі пики! Правда, здається, вона поцілувала не того... Але яка різниця? Вона йде звідси назавжди і ніколи більше не з'явиться у цьому брудному будинку. Одна лише неспокійна думка то спливала на поверхню свідомості, то йшла углиб: схоже, цей хлопець, так само, як і вона, не пам'ятає вчорашніх подій і гадки не має, звідки вона з'явилася в його квартирі.

— Якась колективна амнезія... — пробурмотіла дівчина.

Вона змахнула рукою, зупиняючи автомобіль із шашечками на жовтому гребені.

Цей скажений ранок обіцяв явно незвичайний день...

У компанії Тифона Олівер сумно доїдав приготований Олівією сендвіч — дівчина так і не з'їла його. Це дійсно був дивний ранок: незнайомка у його ванній, він сам заснув чомусь у куртці і черевиках... Хоча, трохи напружившись, Олівер почав дещо пригадувати: здається, саме цю блондинку він підібрав на дорозі в лісі. Потім щось сталося... Була страшна гроза... Можливо, він запропонував дівчині переночувати у себе і вона погодилася? Але... Але чому тоді нічого не пам'ятає?

Ще й Том образився незрозуміло на що. Ну й добре — подується і перестане. Та ще потім принесе чогось смачненького, щоб задобрити.

Голова досі гула. Хотілося просто розтягнутися на дивані перед телевізором і ні про що не думати...

У кімнаті залунав телефонний дзвінок. Неохоче підкоряючись «трубному поклику», Олівер узяв мобілку — і здивовано підняв брови: дзвонив Натан, охоронець «Сіті груп». З цим хлопцем вони спілкувалися рідко, але ставилися один до одного дружньо. Натан, будучи студентом, потребував роботи для матеріальної підтримки. Він був веселим і товариським, і з ним завжди цікаво було поговорити. Але вони не були настільки близькими друзями, щоб дзвонити один одному просто так. Невже на цій чортовій роботі знову щось сталося?!

— Алло...

Відповідаючи на дзвінок, Олівер чекав чого завгодно, тільки не цього!

— Як це — немає на стоянці?! — закричав зблідлий хлопець. — Ти ж знаєш, я завжди...

Він неуважно відповідав Натану, а в голові билася лише одна думка: а й справді не пам'ятає, як і коли залишав службовий автомобіль на стоянці! Всі спогади вчорашнього вечора немов покриті коконом, крізь який не проникають ні образи, ні звуки...

— Зараз, зачекай хвилинку!

Олівер гарячково обмацав кишені на одязі, потім метнувся в спальню. Брелок з логотипом фірми тьмяно поблискував на запиленій тумбочці, ключ був на місці.

— Натан, ти це... Я... Загалом, я вчора... втомився дуже. У грозу потрапив і все таке. Тому їхати в офіс вже просто сил не було, — заторохтів він з покаянним виглядом, тим часом обережно обмацуючи ключ — про всяк випадок. — Так, згоден, що треба було подзвонити, вибач... Зараз прижену машину на стоянку. Начальство відпочиває? Ну добре. Ти тільки це... Ну добре, добре, вже їду!

Поклавши трубку, Олівер гепнувся просто на край ліжка — і тільки тепер перевів дух. Це ж треба таке, із самого ранку! Пощастило ще, що Натан чергує — свій хлопець, зайвого начальству не скаже. Схоже, вчора Олівер переплутав усе на світі: старенький седан не забрав зі стоянки біля офісу, а прямо в пікапі прикотив додому. Доведеться їхати суботнім ранком на роботу, щоб поміняти машини. Але це краще, ніж нова порція моралі від шефа: експедитор його фірми набитий ними під зав'язку і більше в нього не влізе.

Схопивши ключ, юнак кинувся до дверей — добре хоч одягатися не довелося. Перед самим порогом затримався біля дзеркала, пригладив рукою розпатлане волосся — і вилетів на сходову площадку.

Спустившись у підземний паркінг біля будинку, де він зазвичай залишав свій автомобіль, Олівер наполегливо продовжував шукати всьому якесь пояснення. Зазвичай він легко вигадував різні історії, а зараз його фантазія навідріз відмовлялася працювати, не даючи змоги хоча б уявити причини дивних подій. Єдине, що спадало на думку, — можливо, вчора він просто дуже втомився і мозок на певний час відключився, як перегрітий двигун. Цей слабкий аргумент трохи заспокоїв його. Олівер уже з усмішкою підходив туди, де зазвичай залишав свій старенький седан... І раптом зупинився як укопаний: його місце на стоянці пустувало. Від білого пікапа і сліду не було! Це катастрофа!

Олівер відчайдушно знову оглянув весь майданчик: на ньому не було жодного білого авто! З тремтінням у руках він дістав з кишені непотрібний ключ і довго дивився на нього, намагаючись зібратися з думками. Не панікувати. Не панікувати! Дідько! Тільки не панікувати!!!

«Може, до цього причетна та сама дівчина, яка так вправно втекла сьогодні, нічогісінько не пояснивши? Саме час дзвонити в поліцію!»

Олівер глибоко зітхнув і, не чекаючи нічого доброго, натиснув на кнопку розблокування дверного замка.

«Пік-пік!» — почувся знайомий звук зовсім поруч, а бідний юнак мало не підстрибнув від несподіванки. Глянув. Відвернувся. Протер очі. Подивився: дверцята відчинилися на пікапі, який стояв поруч... Але це був ЧОРНИЙ пікап!

Олівер ще раз зітхнув, закрив очі, вголос порахував до трьох і знову їх відкрив. Нічого не змінилося.

Він знову натиснув кнопку: дверцята слухняно заблокувалися на тому ж чорному пікапі. Боязко підійшовши ближче до незнайомого автомобіля, хлопець знову відкрив його і обережно заглянув усередину. Йому ще не доводилося ось так запросто випадково відкривати чужу машину. Але коли Олівер кинув погляд на сидіння, ледь стримався, щоб не закричати, як у сцені дешевого фільму жахів: там спокійнісінько лежала недбало кинута папка з документами — та сама, зі слідами пролитої кави. Тремтливими пальцями хлопець відкрив бардачок: речі, що валялися в звичному хаосі, були його власними!

— Та це що... моя машина? Мій білий пікап?!

Рятівна думка загорілася в голові червоною лампочкою: номерний знак! Як він не подумав про це відразу!

Олівер глянув на номер... Про всяк випадок обійшов машину і подивився позаду. А потім — ще раз. Але від його гарячкових смикань нічого не змінилося: це був ТОЙ САМИЙ номерний знак. Так, сумнівів бути не могло — це був офісний пікап, на якому молодий експедитор розвозив товари клієнтам. Тільки з білосніжного він раптом перетворився... на чорний!

Олівер безсилий звалився на сидіння і застиг хвилин на п'ять, боячись поворухнутися. Чого ще можна очікувати від цього неймовірного дня? Спочатку він прокинувся у своєму ліжку одягненим і в черевиках, геть забувши, де і що робив напередодні ввечері. Потім з його ванної виплила красива блондинка, поцілувала сусіда і зникла раптово, ніби міраж. А зараз ось — автомобіль, ключі від якого весь час були у нього, — за ніч змінив свій колір на протилежний!

— Маячня якась, тепер що, леприкони з-під капота полізуть?

Але леприконів не було, і Олівер про всяк випадок ще раз обійшов машину з усіх боків. Вона була точнісінько такою самою — ось і недавня подряпина на крилі, і ледь помітний відкол на бічному дзеркалі — про нього, крім самого водія, ніхто не знав... Єдина відмінність — пікап був напрочуд чистим, немов виїхав не з лісу з болотистою ґрунтівкою, а щойно з мийки.

— Блондинка принесла мене додому, поклала спати... Потім викрала машину, відвезла на мийку, перефарбувала в чорний колір і... поставила на місце. — Молодий чоловік усміхнувся. — Вітаю вас, Олівере Сміте, ви з глузду з'їхали! Вам треба або змиритися з цим, або дзвонити санітарам.

«А якщо я — лунатик? — раптом промайнула у хлопця рятівна думка. — Бути лунатиком все ж, напевно, краще, ніж божевільним...» Він спробував пригадати, що зазвичай роблять лунатики вночі: ходять по вулицях, забираються на дахи... Але ж не фарбують службові автомобілі!

Олівер дряпнув нігтем фарбу — та не здалася свіжою. Немов так і було завжди...

— Коротше! — він шумно видихнув і спробував опанувати себе. — Я не лунатик і не божевільний. Я якось потрапив в інший вимір, який трохи відрізняється від звичного... Фізики навіть довели це — щось там з теорією струн...

Всю дорогу до офісу Олівер обмірковував ідею щодо паралельної реальності. Вона дійсно здавалася йому правдоподібною. Коли почалися дивацтва? У страшну негоду... Пригадався фільм, де в грозу сталося щось подібне — люди там теж потрапили у паралельну реальність. Правда, це відбувалося у Бермудському трикутнику. Але хтозна, може, у них тут є свій, Мідлтаунський трикутник? І під час грози він притягує мандрівників...

Уже під'їжджаючи до офісу, Олівер остаточно переконав себе, що саме так і є, і найяскравіший тому доказ — те, що спогади його губилися, починаючи з того самого місця і часу — охопленого грозою мідлтаунського лісу.

Зараз така думка здавалася навіть привабливою: може, тепер у нього відкриються якісь суперталанти? А якщо у цій реальності він не експедитор, а начальник «Сіті груп»? Чому б і ні, мають же бути тут ще якісь відмінності.

Уже в піднесеному настрої Олівер зарулив на офісну стоянку.

— Нічого собі! Це що ж ти з машиною зробив? — присвиснув Натан замість вітання, побачивши чорний пікап. — А шеф тобі голову не відкрутить? — додав охоронець уже зі щирим інтересом.

З чого Олівер зробив відразу два висновки: по-перше — він, на жаль, і тут не бос, і по-друге — машина і в цій реальності раніше була білою.

— Е... Це ти про колір? — обережно уточнив він. — Білим він був кращим?

— Кращим — не кращим, але за документами він білий! Ти мене, звісно, вибач, друже, але я змушений буду доповісти начальству.

— Змушений — доповіси, — приречено зітхнув Олівер.

І, ще раз глянувши на пікап, поплентався до свого седану.

Його власний автомобіль, втім, залишився таким, як і був, — занедбаним і старим.

Окинувши прощальним поглядом чорного красеня, Олівер вирулив зі стоянки. Що розповідатиме директору, він поки що не знав...

# ГЛАВА 17

У хорошому настрої Олівія вирушила гуляти пішки по місту. Таксі підкинуло її до самого центру, де розташовувався ряд високих офісних будівель. Прилад показував, що «об'єкт полювання» перебуває неподалік.

Вчора у блондинки був час упевнитися, що особливої спритності підопічний не мав. Значить, вона спокійно знайде і наздожене його в місті, як і раніше, не привертаючи до себе уваги. Навіщо за ним стежити, Олівія не зовсім розуміла: монах здавався не тільки невинним, а ще й дивним. Чого тут боятися? З усіх завдань теперішнє було, мабуть, найпростішим — і це трохи насторожувало. Може, містер Блек встиг у ній розчаруватися, от і заслав з очей геть? Начебто нічого «такого» вона не робила... Ті два ідіоти, що напали на неї біля мосту в Нью-Йорку, не беруться до уваги! Чому вони вирішили, ніби самотня дівчина — легка жертва? Ось нехай для науки тепер поплавають, дивись — і стануть паїньками. Ну, потім якось. У наступному житті...

Озирнувшись, вона помітила маленьке кафе — один зі столиків доречно був порожній, якраз біля великого вікна з оглядом центральної площі. Не знаходячи приводу для поспіху, Олівія купила місцеву газету в кіоску і рушила в кафе.

Тут вона, очікуючи замовлення, зручніше влаштувалася з філіжанкою кави і газетою. По діагоналі переглядаючи смуги друкованих рядків, зрідка відзначала для себе щось цікаве, гідне прочитання. Мідлтаун — не дуже велике місто, через яке протікає річечка під назвою Рест-Рівер. Олівія вже збиралася відкласти газету, як раптом звернула увагу на крихітну замітку «одним кадром». Погане аматорське фото зафіксувало на тлі нічного неба яскраво-червоний камінь розміром з футбольний м'яч. За ним тягнувся вогненний слід, що нагадував хвіст комети.

Вчора ввечері в небі над мідлтаунським лісом випадково вдалося дещо зняти. Що це — метеорит чи кульова блискавка? Знімок з'явився в одній із соціальних мереж, в групі «Ми любимо Мідлтаун».

Олівія насупилася. Новина здавалася дріб'язковою: кульова блискавка — явище рідкісне, але не паранормальне. Та й коли ж їм бути ще, блискавкам цим, як не під час грози? А гроза минулої ночі розгулялася. Ну, фотканув хтось, молодець... Але чуття глибоко всередині чомусь забурчало, закликаючи бути уважнішою. Дівчина дістала смартфон. Знайти «Ми любимо Мідлтаун» і той самий знімок було нескладно. Його дійсно жваво обговорювали, висуваючи різні версії — від інопланетної атаки до спецефектів пришелепкуватого фотографа, який захотів прославитися.

Вона приєдналася до чату, на ходу придумавши собі нік, і невинно спитала: де саме така гарна штука з'явилася у небі?

Чекаючи відповіді, Олівія відкинулася на м'яку спинку невеликого диванчика. У той самий момент з'явився офіціант з підносом, заставленим їжею.

— Скільки ще приладів принести? — ввічливо запитав він, виставляючи на стіл омлет, салат з куркою, м'ясо під соусом, пиріг із сиром і глечик з морсом.

— Що? — дівчина глянула на нього неуважно. — Так, ще кави принесіть. І пару тістечок якихось.

І знову занурилася в чат. Офіціант, із сумнівом подивившись на мініатюрну Олівію, пішов за кавою і тістечками.

Відповідь прийшла, хоча і не відразу: місцеві запевняли, що все сталося біля смужки лісу у вузькій її частині, яка відділяла невелике котеджне містечко від самого міста.

Ясно. Про всяк випадок варто було б прогулятися туди після того, як вона знайде монаха, а зараз настала пора з'ясувати розташування дешевих нічліжок ближче до центру — напевно, її підопічний після вчорашніх пригод мирно спить в одній з них.

Поєднавши вивчення карти міста з поглинанням сніданку, Олівія жваво розправилася з їжею. Відправивши у рот останнє тістечко, вона піднялася з-за столу — розсиджуватися не було часу. У офіціанта, який приніс рахунок, округлилися очі, він ніби ненароком заглянув під стіл: а раптом ця блондиночка привела у пристойний заклад якогось крокодила на повідку, який миттю проковтнув все до крихти?

Але крокодила не виявилося, сама ж дивна відвідувачка вже поспішала до дверей.

— Не дай Боже таку дружину... Це ж скільки треба, щоб її прогодувати? — пробурмотів розгублений офіціант, збираючи посуд.

А дівчина вже бадьоро крокувала кудись по бічній вулиці. Чорна точка на приборі не рухалася — значить, Ардан або спав, або просто відпочивав. Саме час дізнатися, де він зупинився, і знайти його.

Але, хай як дивно, Олівія відвідала два невеликих хостели і один готель, проте чорна точка вперто вела її вбік. Нарешті попереду з'явилася велика будівля із широкими сходами — її розташування точно збігалося із зазначенням приладу. Відстежуючи ним, дівчина легко піднялася сходами і різко зупинилася, втупившись поглядом у вивіску.

Акуратні букви на синьому тлі сповіщали: «Мідлтаунська центральна лікарня».

# ГЛАВА 18

Ковані піки залізних ґрат здіймалися високо в небо. Здавалося, якщо хмара в дощовий день опуститься ще хоч трохи нижче, то обов'язково розпоре собі черево. Піки прикрашали триметровий паркан, за яким ховався від цікавих поглядів невеликий замок Блека.

Так-так, саме замок: будинок будували за проєктом стародавнього замку-фортеці, зображеного на одному старовинному пергаменті. Кращі майстри, найняті Головою, змогли достовірно відтворити стародавню будову, при цьому забезпечивши його сучасними зручностями.

А ось проєкт «розумного будинку» для свого житла Вільям розробляв сам, і вже зовсім інші фахівці будували під його замком кілька підземних поверхів — в ультрасучасному функціональному стилі. Всі працівники були щедро винагороджені своїм наймачем. Правда, скористатися грошима їм не вдалося: літак, на якому вони поверталися в далекі рідні краї, дивним чином зник, його так і не знайшли. Що ж, аварії трапляються. Зате про таємні підземні поверхи знав тепер тільки їхній господар. Ну і ще розумний будинок, зрозуміло, мовчазний свідок. Як і Діна, його єдина служниця, — вона від народження була німою.

Діну вирізняла ще одна корисна якість: живучи у будинку Блека, дівчина вміла бути невидимкою і при цьому вправно виконувати свої обов'язки. Вся її робота сходила на те, щоб запрограмувати купу роботів-прибиральників і доглядати за ними. З цим завданням служниця справлялася відмінно, не турбуючи господаря без особливої потреби. Але сьогодні, напевно, трапилася саме така нагода, бо тендітна фігурка з'явилася у коридорі, варто було власникові переступити поріг.

— Діно? — вимовив Блек запитально, не переймаючись привітаннями.

Вона відмінно читала по губах і без зайвих слів розуміла його настрій за виразом обличчя.

Діставши з мереживного білого фартуха уніформи плоский маленький планшет, дівчина забарабанила пальцями по чутливій панелі — так вона зверталася до господаря за потреби.

«У нас невелика проблема», — з'явилося на екранчику.

Блек скривився. Розбирати невеликі проблеми він зараз не мав жодного бажання, але бліде личко Діни виглядало таким схвильованим, що він змилостивився:

— Ну, що сталося, відповідайте, Діно?!

Тонкі пальці замиготіли над панеллю.

«Новий охоронець, Робін. Він вирішив погодувати ваших рибок, сер».

— Ідіот! Хто йому взагалі дозволив шастати по будинку? — обурився Вільям, читаючи далі.

«Вони відкусили йому руку. І з'їли її, сер».

— Боже мій! — Вільям не на жарт злякався. — Риби отруїлися?!

«Ні, з ними все гаразд. А його забрали у лікарню».

— Так, дійсно, недобре, — кивнув Вільям і насупився. — Може бути нетравлення. Мої королівські піраньї не звикли жерти всяку погань, — зітхнув він. — Діно! Влийте в акваріум знезаражувальний засіб і спостерігайте за рибами — якщо вони стануть млявими, терміново викликайте Чуан-Су! Тільки він зможе з ними впоратися. У минулому році, коли вони випадково з'їли акваріуміста, він не дав їм померти від алкогольного отруєння — той тип був ще й нетверезим, коли впав у акваріум! Пам'ятаєте?

Діна ствердно закивала.

— Добре, біжіть, рятуйте моїх бідолах! І ще через пів години покличете до мене начальника охорони. Я його сам кину в акваріум, якщо з моїми рибами хоч щось трапиться!

Блек важко зітхнув. Знову цей проклятий «людський фактор»! Якою б ідеальною не була будь-яка схема, завжди знайдеться ідіот, який зуміє створити проблему на рівному місці. І хоч роботам він довіряв незрівнянно більше, ніж людям, але зовсім відмовитися від охорони неможливо. І нерозумно — подібні заходи точно викликали б непотрібні підозри. Нехай охороняють — це всього-на-всього будинок, і тут немає нічого особливо цінного. Ну, майже нічого — хіба що одна з його колекцій.

Будинків у нього було кілька, проте лише об'єкт, розташований у горах і оформлений на підставну фірму, дійсно заслуговував серйозної охорони. І вона там була в надлишку — охоронні послуги укупі із запобіганням шпигунству коштували йому половини всіх чималих коштів, що виділяються на утримання лабораторії. Але навіть якщо б шпигунам і вдалося зазирнути у цей секретний об'єкт, вони дізналися б тільки, що група вчених веде розробку нових ліків для «Блек Медікал». По суті, так воно і було. І в це свято вірили самі вчені-розробники, які живуть на території гірського пансіонату для співробітників корпорації «Блек Пленет». Тим часом у підземному серці лабораторії проводилися зовсім інші дослідження, про справжню мету яких знало лише вузьке коло посвячених. Зокрема кілька вчених, чиї погляди збігалися з ідеями самого Голови. Кращі виконавці — ті, що працюють за власними переконаннями. Така відданість не купується. І тільки їй варто довіряти — якщо це взагалі можливо.

Ліфт опустив Блека на мінус другий поверх. Варто було дверцятам розкритися — і «розумний дім» відразу розлив м'яке світло по всьому поверху. Вільям опинився у великому овальному приміщенні, схожому на зал для глядачів — з екраном на всю стіну і декількома м'якими кріслами, а ще — мережею незрозумілих приладів. Щойно господар підійшов до крісла, прилади одразу включилися з ледве чутним дзижчанням.

— Вітаю, пане, — озвався глибокий м'який голос, в якому, однак, явно звучали металеві нотки.

Вільям навмисне не хотів повністю «олюднювати» свого електронного помічника, якого називав просто — Будинок.

— Будинку, зв'яжи мене з Вежею, — коротко віддав розпорядження господар, сідаючи у крісло.

— Зв'язок встановлено, — відповів Будинок майже миттєво.

Великий екран на стіні засвітився, і ще через хвилину на ньому з'явилося обличчя людини невизначеного віку, з дуже темною шкірою. Очі за товстими скельцями окулярів здавалися втомленими.

— Вітаю вас, Голово! — першим привітався темношкірий чоловік у білосніжному халаті.

— Здрастуйте, Професоре, — відповів Блек. — Як просуваються наші справи?

— Проєкт «Феєрверк» на стадії завершення. Зараз продукт проходить останні випробування. Виникла невелика затримка... Один з лаборантів недостатньо ретельно дотримувався техніки безпеки.

Вільяма пересмикнуло.

— Знову цей людський фактор! Сподіваюся, зараження не відбулося?

— О ні, Голово, не варто турбуватися, проблема вирішена.

— Ви подбали про нього?

— Так, звісно... Йому надали кваліфіковану допомогу. Труп уже кремували, — додав він пошепки, хоча в маленькій звуконепроникній кімнаті, куди Професор, почувши дзвінок, негайно вибіг для розмови з босом, підслухати його ніхто не міг. — Доведеться знайти йому заміну.

— Пане професоре, у вашому розпорядженні ціла лабораторія! Використовуйте всіх, якщо потрібно. Легенда така сама — надсекретне урядове завдання. Тільки, благаю вас, не хапайте знову молодих захоплених бовдурів! Пошукайте когось більш спокійного. Нам потрібні професіонали! А кругом самі ідіоти, — додав він і похитав головою.

— Повністю згоден з вами, Голово, — губи Професори сіпнулися у напівусмішці чи напівгримасі.

— Гаразд... Тримайте мене в курсі, можете дзвонити будь-коли. З термінами, я вважаю, у нас затримок не буде?

— Ні, — впевнено відповів співрозмовник. — Ми встигнемо вчасно!

— Покладаю надію на вас, Професоре. До зв'язку!

— До зв'язку.

Екран, кліпнувши, погас, залишаючи Вільяма на самоті і в роздумах. Одна з небагатьох довірених осіб — професор Кем, до якого він звертався просто Професор, був керівником секретної лабораторії. Тільки йому одному відомо все про її справжнє призначення. Решта ж вірили у винахід нових ліків. І при цьому навіть досягли певних успіхів. Нехай собі винаходять! Але головна «таблетка» від найтяжчого захворювання Землі — перенаселеності — визрівала саме у лабораторії Кема, під його особистим контролем. Він, колись виходець із бідного кварталу Йоганнесбурга, розумів прагнення Блека, більш того — щиросердно поділяв їх. І це було справжньою удачею, адже серед натовпу талановитих і разом з тим жахливо неорганізованих, норовливих і дивакуватих геніїв знайти когось раціонально мислячого — справжній подарунок долі. Таким подарунком став професор Кем. Чотири чудові бактеріологічні бомби, нафаршировані смертельним вірусом, визрівали під його опікою.

— Будинок, а з'єднай-но мене з Блондинкою, — додав Голова. — Зараз дізнаємося, які новини у неї.

— Зв'язок встановлюється, пане, — відповів Будинок, і екран знову заблимав.

Але минуло не менше хвилини, перш ніж на ньому з'явилося обличчя Олівії.

— Вітаю, сер! — випалила вона.

Дівчину оточувала зелень — видно було, як колишуться гілки дерев.

— Здрастуй, Олівіє. Що в тебе?

— З'ясовую, сер. Наш з вами друг примудрився потрапити під машину і тепер вилежується у лікарні. Поки — без свідомості, але лікарі кажуть, що серйозних ушкоджень немає, крім невеликого струсу. Хоча... — Олівія перервала себе на півслові, явно передумавши продовжувати.

Однак шеф був у гарному настрої, до того ж висловлювання дівчини зазвичай смішили його.

— Кажи!

— Хоча у цьому випадку діагноз мені не зрозумілий! Для струсу потрібні мізки, а тут... — емоційно випалила Олівія і смиренно додала: — Думаю, він швидко одужає, сер.

— Оце так, — хмикнув Вільям, злегка розчарований. — І що підштовхнуло тебе до таких висновків?

— Якщо людина сама із собою розмовляє, це ще якось зрозуміти можна. Але коли він із собою ще й лається вголос — це вже діагноз. Е... мені здається, йому в іншу лікарню треба, сер.

— Сподіваюся, артефакт він не загубив? — запитав Блек.

— Поки не змогла дізнатися — до нього не пускають. Але з'ясую це сьогодні обов'язково.

— А чому ти у лісі?

— Вартувати в лікарні непритомного клієнта — марна справа, він і так нікуди не втече. А тут у соцмережах проскочила одна цікава новина... Про метеорит, який нібито впав у мідлтаунському лісі цієї ночі. Навіть знімок є...

— Оце вже цікаво! — пожвавішав Вільям і подався вперед. — А наш підопічний проводив свої ритуали?

— Так, сер, і головне, саме в тому лісі. Я була неподалік, можу сказати, що нічого незвичайного не бачила. Потім почалася гроза, і я слідом за ним забралася звідти. А метеорит зняли пізніше. Швидше за все, це звичайна кульова блискавка, але... Краще перевірити.

— Обов'язково! — підтвердив Блек. — Якщо був метеорит, повинні бути і сліди. Шукайте. Можливо, це саме те, що я припускаю. Однак висновки робити рано. До роботи, Олівіє! Чекаю вашої доповіді завтра ввечері.

— Слухаю, сер! — коротко відповіла дівчина і відключила зв'язок.

Вільям замислився. Звичайно, він не дуже вірив в успіх Ардана. Тим часом ця звістка про метеорит... Хоча ні, поки не варто думати про це. З власного досвіду він знав: щоб не розчаровуватися у чомусь, краще не зачаровуватися із самого початку. Час робити висновки настане тоді, коли з'являться результати.

— Будинку, приготуй мені ванну! І постав музику... щось із класики.

— Виконую, господарю, — пролунав у відповідь металевий голос.

Блек, відірвавшись від крісла, побрів назад до ліфта. Все ж таки для переробки світу потрібно багато сил. А він сьогодні втомився...

# ГЛАВА 19

— Небо полум'ям горить: ось летить метеорит, — наспівувала собі під ніс Олівія щойно придуману пісеньку, пробираючись через колюче мереживо якихось чагарників.

Вона вже більше години вешталася лісом, маючи надію знайти щось незвичайне. Але це незвичайне, якщо воно тут і було, вперто не потрапляло на очі. Ліс був абсолютно спокійним, хіба що трохи вологим після гучної грози. І, блукаючи серед високої трави, Олівія намочила ноги майже по коліна.

Це завдання із самого початку пішло не за планом, і хоча за свою непросту кар'єру дівчина давно звикла до різних несподіванок, зараз чуття їй підказувало: сюрпризів буде ще більше. Можливо, історія з метеоритом — фейк: якийсь місцевий любитель фотошопу вирішив розважитися. Або просто випадково зняв кульову блискавку. Але у такій дивній справі можна очікувати що завгодно, і версію все ж таки варто перевірити...

Нарешті Олівія вибралася на невелику галявину збоку від дороги — саме тут сидів старий монах, схилившись над своїм артефактом. Про всяк випадок вона побіжно оглянула «місце події» — нічого, крім прим'ятої трави. Як, втім, і на найближчий кілометр навколо. Метеорит — не тенісний м'ячик, хоча розміру може бути і такого. Але падає з величезною швидкістю і стикається із землею з неймовірною силою — він неминуче повинен залишити сліди руйнування, які не помітити просто неможливо. Якщо вірити фотці, впав він десь поряд із дорогою. І якщо скласти все разом — виходить, слід виявився помилковим...

Переконавшись у своїй правоті, Олівія бадьоро попрямувала назад до дороги. Тепер не завадило б причепуритися після лісової прогулянки, потім можна і навідатися до лікарні — перевірити свого підопічного-невдаху. Це ж треба — потрапити під машину посеред лісу вночі!

Уже поринувши у свої думки, Олівія не помітила, як опинилася поруч із узбіччям. І тут її увагу привернуло щось на гілці дерева, за три метри над землею. Неприродний для лісу яскраво-оранжевий колір кидався в очі, викликаючи у пам'яті якийсь смутний спогад...

Недовго думаючи, дівчина звернула до дерева і рішуче вхопилася руками за гілку. Спритно підтягшись, вона, наче кішка, видерлася нагору, щоб ближче розглянути щось помаранчеве. Ним виявилася смішна іграшка — динозаврик із короткими лапами.

— І що ти робиш на дереві? Невже в'єш гніздо? — Вона підхопила іграшку і почала крутити її в руках. — Стривай, десь я тебе вже бачила...

Несподівано у пам'яті спливла картинка: дощ за склом автомобіля, з приладової панелі їй в руки падає така іграшка...

— Просто схожа на ту? Чи це та сама? — запитала Олівія чи у динозаврика, чи у самої себе.

Несподівано черговий спогад спалахом образів і звуків вдарив по нервах: скажений рев чогось невидимого, звук удару, нестерпний жар і вибух вогню, шматки металу, що розлітаються на всі боки...

Дівчина скрикнула і, ніяково змахнувши руками, полетіла вниз.

## ГЛАВА 20

До вечора Олівер остаточно втомився. Лежання на дивані перед телевізором неймовірно вимотує. На цей суботній день у нього була купа ідей і планів. Але після всіх ранкових подій, особливо побачення з Натаном, хотілося просто забратися глибше у теплий барліг і відключити мозок, в якому від перегріву блимали червоні лампочки.

Олівер сподівався, що його сусід Том передумає злитися і з'явиться у нього, як завжди, з тарілкою чогось смачного. Але сусід не приходив, і від цього ставало ще сумніше. Втім, винуватим Олівер собі не відчував: навпаки, що за дурість — розлютитися через те, що у нього з'явилася подружка?

Самому б знати, хто вона така...

Однак запитання залишалися запитаннями, сендвічі закінчилися, і в компанії Тифона він тупо стежив за монітором комп'ютера: там супергерой, між сніданком і обідом, вкотре рятував світ. Вирішивши, що ближче до кінця дня вибереться «в люди» і сходить до нічного клубу, хлопець з чистою совістю відключився годині о дев'ятій.

Його розбудило неприємне дзижчання.

Зіпхнувши із себе кота (Тифон завжди спав, витягнувшись поперек ліжка і при цьому використовуючи Олівера як подушку), все ще напівсонний, молодий чоловік поглядом почав шукати джерело неприємного дзижчання. Ним виявилася телефонна трубка, ввімкнена на беззвучний режим. Вона просто розривалася, і, ледь взявши її в руки, хлопець відчув всю напруженість нетерпіння на тому кінці дроту.

Хто може дзвонити йому? Олівер пошукав очима будильник — звичайно ж, його тут не було, але на самому табло телефону висвічувався час — 03:16.

Йому стало моторошно — настільки, що він готовий був відправити трубку на місце і просто пірнути під ковдру, зарившись із головою, як у дитинстві, і сховавшись від усіх проблем, бо дзвінок на початку четвертого ранку навряд чи віщував хороше.

Але трубка не здавалася — і тремтячою рукою Олівер натиснув кнопку прийому.

— Алло?

— Олівере! Це ти так розважаєшся?! — гаркнула трубка знайомим голосом, і хлопець не відразу зрозумів, що грім посилає зазвичай спокійний і мирний Натан.

— Ти про що взагалі? Четверта година! — і собі вибухнув Олівер.

Недавній страх стрімко переростав у злість.

— Про твою машину! — вже не так впевнено відповів Натан. — Вона... Зникла зі стоянки, — додав він зовсім слабким голосом.

— Мій пікап! Пропав зі стоянки?! А ти де був?!

Тепер вони помінялися місцями — і виправдовуватися довелося Натану.

— Та ж я тільки до автомату за кавою сходив на пару хвилин. Виходжу — а машини немає. І головне, жодних слідів проникнення: автоматичний замок на воротах цілий, шлагбаум не зламаний, сигналізація не включалася. Ніби тут побував хтось, у кого є всі дозволи і ключі. Я і подумав...

— ...Що мені нічого робити, як тільки поцупити посеред ночі службову машину? Яку ти мені і так дав би?

Олівер зрідка, але все ж дозволяв собі таку слабкість, як взяти пікап для особистого користування, але ненадовго. І якби він взяв його, то точно б пам'ятав. Цього ж разу він був упевнений, що приїхав додому на своїй машині.

— Значить, якщо це не ти, тоді треба викликати поліцію... — жалюгідним голосом видихнув Натан.

— Треба, — погодився Олівер.

По правді кажучи, йому було дуже шкода свій улюблений пікап, який викрав якийсь злодюга. І, може, він ніколи більше його не побачить...

— Я зараз приїду, — сказав він приятелеві несподівано для себе і поклав трубку.

На душі було тоскно. Олівер зловив себе на тому, що думає про автомобіль, як про старого друга, якого раптом втратив.

Спустившись до паркінгу, він автоматично намацав у кишені брелок сигналізації і, діставши його, понуро кинув погляд на шикарний чорний пікап поруч з власним легковиком — точно такий, як був у нього...

Чорний пікап?!!

Олівер, не вірячи своїм очам, кинувся до машини — номерний знак знову виявився до болю знайомим. Відкрити автомобіль не становило проблеми — він уже був відкритий. І ключ спокійнісінько стирчав у замку запалювання. Від несподіванки бідний хлопець з усієї дурі стукнув кулаком по сидінню.

— Хто це так грається зі мною?! Ну, виходь, здавайся!

Він почав озиратися навколо, очікуючи побачити невідомого зловмисника, який здатний на такі дурні жарти, але поверх підземного паркінгу, як і раніше, був тихим і порожнім — тільки високо під стелею червоними вогниками мигтіли лампочки камер спостереження.

Огляд самого автомобіля й бардачка підтвердив його думки: з машини нічого не пропало. Хай там хто був невідомий викрадач, його мотиви досі залишалися неясними.

— Чорт забирай! Ну і що мені тепер з тобою робити? — запитав він у машини, яка тьмяно виблискувала свіжопофарбованим боком.

Варто було зателефонувати Натану і заспокоїти охоронця, але як пояснити йому появу злощасного пікапа у себе на парковці, особливо після всіх запевнень про непричетність до зникнення авто...

Вирішивши обов'язково щось придумати дорогою, Олівер зітхнув і сів за кермо пікапа.

Нічне місто, поблискуючи гірляндами різнокольорових вогнів, здавалося теж якимось новим. Ймовірно, тому, що в таку годину — між пізно вночі і рано вранці — хлопцеві рідко доводилося милуватися Мідлтауном. Саме місто, здається, ще дрімало: ліниво падало світло на асфальтні вигини дороги, а передранковий напівпрозорий серпанок розмивав контури будівель, роблячи їх м'якшими.

— Може, я і справді в якійсь альтернативній реальності? — сам себе запитав Олівер. — Ось тільки проблем у ній значно більше, ніж у минулій...

Проблем дійсно виявилося чимало: ледь під'їхавши до корпоративної стоянки, він помітив поруч із нею мерехтливі поліцейські фари. Довелося, натягнувши на обличчя дурну посмішку (нічого розумного за всю дорогу на думку так і не спало), плести щось про те, як захотів розіграти друга, але ось — трохи перестарався. Він намагався не дивитися в очі Натану, який став раптом відстороненим і замкнутим. Оліверу дуже хотілося вибачитися, незважаючи на те, що насправді вибачатися не було за що. Почуваючись останнім негідником, він відповідав на запитання поліцейських. Потім склав тест на алкоголь. Добре, що в нічний клуб напередодні хлопець так і не потрапив, бо питань у копів виявилося б значно більше.

Уже розвиднілося, коли Олівер, втомлений, злий і голодний, вийшов з таксі біля свого під'їзду. Вихідні, на які він покладав стільки надій і планів, тепер котилися зі свистом до чорта в зуби. Це ж треба — щоб стільки дурного нервування випало за такий короткий час!

Юнак піднявся до своєї квартири. Переступивши поріг, зловив себе на думці, що насторожено озирається: чи не чекає на нього тут черговий сюрприз? Але зустрів Олівера тільки

Тифон — голосно замуркотівши, кіт бадьоро потрусив у бік кухні, всім своїм виглядом показуючи, що непогано б наповнити годівницю.

Задовольнивши апетит свого улюбленця, хлопець повернувся у кімнату. І, трохи подумавши, висмикнув телефонний шнур з розетки.

# ГЛАВА 21

Приглушене світло ледь пробивалося крізь скло лікарняного вікна, що виходило в коридор. Ардан відкрив очі... і не зміг зрозуміти, де він. Щось виштовхнуло його з мутного озера забуття, щось важливе, що він мав негайно згадати... Але чомусь не згадував.

Глибоко зітхнувши, монах спробував підвестися. І одразу одна з тіней відокремилася від загальної напівтемряви кімнати і нависла над ним.

— Хто ви?! — скрикнув Ардан, напружившись, наче готуючись до оборони.

Однак тінь ніяково зробила крок в смужку світла, і монах з подивом побачив бліде дівоче обличчя — легка усмішка літала на тонких губах.

— Ви вже прокинулися? — привітно відповіла дівчина. — Я із сусідньої палати, так би мовити колега у нещасті, зайшла подивитися, чи не потрібно вам чого.

— То я... в лікарні? — невпевнено запитав монах, оглядаючи себе у зеленій лікарняній піжамі.

— А ви що, нічого не пам'ятаєте? — здивувалася дівчина. — Ну, як ви сюди потрапили?

Той, трохи поміркувавши, заперечливо похитав головою.

— Не пам'ятаю... Пам'ятаю лише, що вийшов на дорогу, а далі — спалах світла в очі... І все.

— Буває, — хмикнула дівчина чи співчутливо, чи злегка глумливо. — Добре, що живі залишилися. Руки-ноги цілі?

— Здається, так, — не зовсім впевнено відповів він, про всяк випадок обмацуючи свої кінцівки. — Голова тільки болить.

— Голова — не найцінніша частина тіла, — знову пожартувала незнайомка. — Я, до речі, Олівія.

— Ардан, — ввічливо схилив голову монах. — А що сталося з вами?

— Короткий політ зі слизької гілки, — усміхнулася дівчина, вказуючи на туго перетягнуту бинтами ногу, — але перелому немає, просто вивих. Минеться за кілька днів.

— Ви з цього міста? — подумавши, Ардан вирішив продовжити знайомство.

З'ясувавши, що з ним все гаразд, він одразу переключився на свою «основну хвилю» — місію, так безславно провалену вчора. Адже до її виконання потрібно обов'язково повернутися якомога швидше — не сьогодні, так завтра — точно...

На радість Ардана, нова знайома виявилася хоч і не місцевою, але такою самою мандрівницею, як і він сам, і теж шукала недороге житло на кілька днів, поки нога не загоїться остаточно. Вона вже знайшла, за її словами, непоганий хостел і запропонувала йому приєднатися до неї — удвох все ж таки веселіше.

Продовжуючи легку бесіду з дівчиною, Ардан радісно відзначив ще один факт: синє покарання в пір'ї не поспішало з'являтися! Може, його травма вплинула благотворно і струс мозку струсонув саме ту його частину, де гніздився ультрамариновий кошмар? Тому лікаря Ардан зустрів у піднесеному настрої, поспішаючи запевнити його у тому, що він абсолютно здоровий і його потрібно терміново відпустити.

Завтра вранці, якщо все буде гаразд, він зможе виписатися з лікарні, запевнили Ардана. Подякувавши небо за настільки благополучний результат пригоди, монах відразу ж після візиту лікаря натхненно поринув у медитацію. Однак через п'ять хвилин спав спокійним рівним сном без сновидінь...

# ГЛАВА 22

Похмуріше за чорну хмару, Олівер вирулив зі службової стоянки. Навіть улюблений пікап сьогодні не радував. Та й чому, власне, радіти? Бездарно розтринькані вихідні, сварка з єдиним другом і добрим приятелем-колегою залишали тяжкість на серці. А голова досі гула від турбопромивання мізків, яке влаштував йому шеф за все і відразу. Тут пригадався і штраф за парковку, і регулярні скарги клієнтів, і — особливо — всі «фокуси» зі службовим автомобілем... Звичайна лекція «Нехлюйство на роботі» заграла новими фарбами і закінчилася останнім попередженням: якщо він ще раз утне щось подібне... Ну і, звичайно ж, шеф не відмовив собі у задоволенні виписати йому штраф за самовільне перефарбовування автомобіля.

Але найгіршим було те, що виправдатися перед начальством молодий експедитор ніяк не міг: у його доводи все одно ніхто б не повірив.

Вирішивши більше не запізнюватися, він чесно склав графік розвезення і так чітко йому слідував, що ледь не забув про дівчину з «Нью Лук», зниклу на кілька днів. Тому, коли захеканий Олівер влетів нарешті в кафе «Релакс», фігурні стрілки годинника показували вже за двадцять хвилин першу.

Алекс він побачив відразу: вона сиділа за їхнім звичайним столиком із чашкою кави. Усмішка грала на її повних губах, а високий хвіст чорного волосся, як зазвичай, струменів по стрункій спині. Хлопець просто тішився, тому занадто пізно помітив, що вона не одна, і зустрівся поглядом з молодим чоловіком у вузькій краватці і окулярах у тонкій сталевій оправі. Той сидів навпроти дівчини — теж з чашкою кави, з якої йшла ароматна пара.

— О, привіт, Олівере! — весело кивнула Алекс. — Як справи?

— Нормально... І тобі привіт... — пробурмотів він, відразу якось скоцюрбившись.

Недавня радість змінилася гірким розчаруванням, і через це він відчув щем.

— До речі, познайомся — це Тім, наш новий менеджер. Тіме, це Олівер, він привозить нам косметичні засоби.

Обидва молоді чоловіки привіталися один з одним кивком голови, але жоден з них не подав іншому руку для потиску.

— Косметику? Цікаво... — протягнув Тім, розглядаючи Олівера з погано прихованою насмішкою. — І багато замовляють?

— Достатньо, — холодно процідив Олівер.

Його розгубленість змінилася злістю, яку він, як людина вихована, тепер намагався приховати.

— Так, чимало! Запевняю тебе, — заторохтіла дівчина, щоб якось заповнити обтяжливу паузу. — Олівер щодня приносить замовлення — і нам, і в сусідні салони... Правда, Олівере?

Той лише кивнув, щосили намагаючись здаватися спокійним.

— Дивно, що ваш салон вибрав саме цього постачальника, — додав супутник Алекс, вже не приховуючи презирливої усмішки від погляду на суперника.

— Радий був тебе бачити, але мені час бігти... — скоромовкою видихнув Олівер, з натягнутою усмішкою подивившись на Алекс. Ще трохи, і нахабна фізіономія цього хлюста за столиком змусить його забути про хороші манери... — Роботи ще багато...

І хлопець поквапився до виходу.

— Бувай! Скоро побачимося! — кинула вона безтурботні фрази йому вслід.

# ГЛАВА 23

У Алекс з'явився бойфренд... Невідворотність цього жорстокого факту накрила Олівера з головою. Йому стали раптом байдужі всі графіки, клієнти, шефи і офіс-менеджери разом узяті.

Важкою ходою він ледве доплентався до свого пікапа, жбурнув папку на сидіння, сів за кермо і кілька хвилин не рухався, ніби звикаючи до нової інформації, яка несподівано виявилася дуже болючою.

— Якби можна було вибрати реальність, в якій вона мене любить... хоч трішки, — ледь чутно вимовив він.

Звичайно ж, почути його тихий відчай було нікому — хіба що байдужому красеню-пікапу.

Далі по місту Олівер продовжував рухатися, зануриввшись в якесь напівзабуття — повністю «на автоматі». Якби в кінці дня його попросили описати когось із сьогоднішніх клієнтів — експедитор «Сіті груп» не зміг би цього зробити. І хоча замовлення були доставлені вчасно, а платіжки не переплутані, задоволення від чітко виконаної роботи не відчувалося.

Дорогою до заправки він пригальмував біля пішохідного переходу: дві симпатичні дівчини, весело перемовляючись, переходили дорогу. Навіть їхній запальний вигляд нітрохи не додав настрою, але з автомобіля раптом пролунав звук клаксона — низький, вібруючий, немов це був не автомобільний сигнал, а клич веселого молодого слона. Обидві дівчини спочатку здивовано обернулися, а потім, оцінивши і машину, і водія по заслузі, весело помахали йому. Автомобіль прогудів ще раз — і рвонув з місця, вискнувши колесами.

Витріщивши очі, Олівер глянув на свою руку: він міг би заприсягтися, що не торкався клаксона! Але і тепер йому б ніхто не повірив.

— Це що таке коїться?! — пробурмотів він собі під ніс. — Може, я став героєм якогось дурного телешоу і мене просто розігрують? Або моїм пікапом хтось керує дистанційно?

Обидві версії здавалися неймовірними, але ж має бути хоч якесь пояснення всього цього кошмару! Вирішивши якомога ретельніше оглянути машину на предмет наявності вбудованих камер або іншої «доданої» техніки, збентежений водій норовливого пересувного засобу звернув до заправної станції. Прокручуючи в думках варіанти правдоподібного пояснення того, що сталося, він відніс талони на заправку, потім, повернувшись до автомобіля, потягнувся до баку.

«Не роби цього!» — прогуркотіло у нього в голові так несподівано, що Олівер ледь не впустив заправний шланг.

Він злякано зиркнув на всі боки, намагаючись відшукати джерело голосу. Але поруч нікого не було: біля сусідніх заправних колонок стояло кілька машин, водії яких спокійнісінько займалися своїми справами, не звертаючи на хлопця жодної уваги.

— У мене їде дах... — простогнав Олівер, констатуючи факт, з яким вже готовий був змиритися.

Похитавши головою, він знову повернувся до процедури заправки — відкрив люк бензобака, зняв кришку і...

«Припини негайно! — гримнув голос, і в його інтонації виразно відбилася загроза. — Кому кажу!»

Очманілий, просто вибитий із колії, Олівер машинально простягнув руку зі шлангом до бензобака — і автомобіль, обдавши його хмарою вихлопних газів, стартонув з місця і помчав геть, залишаючи свого господаря із заправним шлангом у руці й очима, як чайні блюдця.

Тепер уже й інших водіїв зацікавила ця ситуація: вони здивовано дивилися то на авто, то на закляклого Олівера. Один з них хихикнув, мабуть, подумавши, що пасажир пікапа перебрався на місце водія, вирішивши над ним пожартувати.

Заціпеніння, втім, тривало недовго: повісивши шланг на місце, хлопець кинувся навздогін за своїм автомобілем, який від'їхав на пристойну відстань. Зараз йому було абсолютно однаково, що і хто про нього подумає: мова йшла про його пікап!

— Ну, зловлю я цього жартівника! Він так просто не відбудеться! — на повний голос викрикував погрози Олівер, щодуху наздоганяючи скажений пікап.

Дивно, але той несподівано зупинився — перед тим самим пішохідним переходом, який вони проїжджали кілька хвилин тому. По переходу, чинно помахуючи хвостами, йшли дві собаки.

Цієї хвилинної затримки хлопцеві вистачило, щоб долетіти до машини і рвонути ручку водійських дверей на себе.

Уже занесений кулак провалився в порожнечу: за кермом нікого не було!

— Значить, все ж таки на дистанційному управлінні, — прохрипів невдалий пікапер, насилу переводячи збите дихання і падаючи на водійське місце.

Та тільки-но він закрив двері, як щось клацнуло: це був звук блокування дверного замка. Автомобіль, непідвладний волі Олівера, різко рвонув вперед. Педаль газу злякано втиснулася в підлогу, і, як не намагався хлопець вижати гальмо, машина на його спроби не реагувала. На шаленій швидкості пікап пронісся по широкій вулиці міста і звернув у бік промзони.

Судорожно вчепившись у кермо, Олівер лише злякано спостерігав, як миготіли за вікном темні силуети будівель, доки вони не вилетіли на об'їзну заміську дорогу. Не зменшуючи швидкості, пікап нісся в бік лісу. Лише через декілька хвилин за віконцем замиготіли вже не будинки, а стовбури дерев. Здається, автомобіль зіскочив з дороги і мчав у невідомому напрямку, заглиблюючись все далі в ліс, у саму гущавину, на немислимій швидкості маневруючи між чагарниками і нестрункими рядами сосен. Таке Оліверу доводилося бачити хіба що у фантастичних фільмах або комп'ютерних іграх. До речі, саме комп'ютерні аркади давалися йому важко: проходячи лише найперші рівні, він безнадійно відставав там, де були потрібні вправність і вміння управляти на швидкості.

Тепер же, трохи розслабившись, хлопець широко відкритими очима дивився у лобове скло, як в ілюмінатор космічного корабля: спочатку — з побоюванням, а потім — із дедалі сильнішим захопленням. Його пікап, аж ніяк не маленький за автомобільними мірками, так граціозно долав будь-які перешкоди на своєму шляху, немов їх і не було зовсім. При цьому стрілка спідометра злякано втиснулася у куточок на крайній позначці — 150 миль на годину.

— Нічого собі... Я б так не зміг, — зізнався Олівер сам собі, все ще відчайдушно стискаючи пальцями кермо, ніби рятувальний круг.

Але вже через хвилину неймовірна сила інерції відірвала його від керма — автомобіль розвернувся і різко загальмував. Олівера відкинуло вправо, після чого він вивалився в отвір завбачливо відчинених дверцят біля пасажирського сидіння і, стрімголов прокотившись по густій жорсткій траві, розпластався, вчепившись пальцями за землю.

«А що ти взагалі можеш?» — прогарчав знайомий голос звідкись зверху.

Потираючи забите коліно і водночас обмацуючи тіло, хлопець повільно піднявся із землі, відчуваючи на собі чийсь уважний погляд.

Чорного пікапа, який ще кілька секунд тому демонстрував чудеса маневреності, більше не було. А на рівні очей юнака переливалося перекатами сталевих м'язів щось лускате, назва якому знайшлася у словнику сучасного міського жителя не відразу. І лише закинувши голову досить сильно, щоб цілком поглянути на триметрового монстра, навислого над ним, Олівер вимовив, ледь віряче сам собі:

— Дракон?!

# ГЛАВА 24

Цілісіньку годину сидячи в позі лотоса на підлозі своєї кімнати, Ардан ніяк не міг налаштуватися на медитацію. Монах дивувався: такого не траплялося з ним уже років тридцять — звичка керувати собою майже ніколи не підводила. Однак у даний момент думки стрибали, наче скажені білки. І хоч якось їх втихомирити й налаштуватися на внутрішню тишу він був не в змозі.

Тоді, крекчучи, старий потягнувся до сумки і дістав звідти Камінь Дракона, але навіть з його допомогою не вдавалося налаштувати себе на потрібний лад. «Що я зробив не так?» — свердлила голову нав'язлива думка. Магічний камінь не виділявся нічим особливим: він нагадував незліченну безліч інших звичайних каменів. Тим часом Ардан не сумнівався у зворотному, бо відчував силу, яка вібрувала в артефакті під час проведення ритуалу. На одну коротку мить камінь навіть потеплішав і почав випускати ледве видиме світло, але потім... Потім щось пішло не так.

Монаху нічого не залишалося, як раз за разом перебирати в пам'яті всі події, що трапилися в лісі. Адже якщо він не встигне знайти і виправити помилку — хтозна, чи буде у нього ще один шанс здійснити своє призначення?

Подумки він знову повторив усю процедуру виклику — кожен жест, кожне слово. І ще раз переконався: він не міг ні в чому припуститися помилки, адже всю черговість дій проробляв у своїй голові незліченну кількість разів — до найдрібніших деталей! Він не міг прорахуватися! Тоді що ж могло перешкодити? Чи він помилився на самому початку?

Прикривши очі, монах чітко побачив сувій — так, немов зараз тримав його в руках. Крихкий, потемнілий від часу пергамент з особливим тонким ароматом — запахом, властивим лише древнім реліквіям... Ардан тримав його в руках лише раз, але цього було достатньо, щоб «перезняти» в пам'яті побачене, відобразити кожен символ, кожне слово... символ!

Немов блискавка, несподівана думка пронизала його розбурхану свідомість, і монах ще раз прокрутив у пам'яті надрукованy там картину свитка: опис ритуалу, потім — сакральна фраза, відповіддю на яку мала стати поява сили, котру закликає. А поруч із каліграфічно виведеним рядком ієрогліфів...

— А ось це ти бачив?!

Синя кулька з дзьобом, легко прокравшись у його думки, тикала пером у збляклий знак, намальований перед останнім рядком.

— А якщо це не просто так тут надряпано? — птах, схожий на сову, розширив ще сильніше і без того непропорційно великі очі й почухав пером потилицю — зовсім як людина.

Ардан скривився:

— Мовчи, синя бестіє! Ти говориш про велику святиню — добирай слова!

Він різко відкрив очі, від щирого серця сподіваючись, що кошмарне видіння розсіється разом з уявним сувоєм, але клубок синього пір'я вже спокійнісінько походжав по спинці залізного ліжка.

— Саме так! Слова! — повчально підняло перо вгору наполегливе створіння, проігнорувавши випад Ардана. — Може, цей знак стосується слів, які потрібно сказати?

— Інь-ян? Як він може вплинути на слова?

— Ну так, інь-ян, чоловіче-жіноче. А раптом...

— Проводити ритуал повинні були чоловік і жінка?! — вигукнули одночасно обидва і подивилися один на одного.

— Ти також так думаєш?

— Думаю про що?

Ардан різко обернувся — на порозі стояла Олівія з коробкою піци в руках.

— Я постукала, ти начебто відповів, — сказала вона. — Думала, ти до мене звертаєшся.

— О... Вибач, Олівіє, це просто думки вголос. Проходь, — Ардан, підхопившись із підлоги, впав на другу табуретку біля вузького столика поряд з вікном.

Кімната була маленькою, щоб не сказати — крихітною: в ній містився лише цей невигадливий предмет меблів, ліжко під стіною і однокамерна шафка в кутку. Але у монаха було зовсім небагато речей, до того ж він був невибагливий — тому кімнатка його цілком влаштувала. Він був вдячний спритній Олівії, яка зголосилася допомогти з житлом — саме вона знайшла для них цей хостел. Її кімната була навпроти. «Двом травмованим у боях зі стихією мандрівникам краще триматися разом», — заявила вона, і Ардан не знайшов приводу для відмови. Йому дійсно була приємна турбота цієї дівчини: не перевелися ще добрі люди на світі...

Але з появою Олівії грудка пір'я нікуди не поділася — вона розляглася просто у неї над головою, витягнувши лапи, немов погойдуючись у невидимому гамаку. Навіть сердита гримаса Ардана ніяк не поділа на знахабніле створіння.

— Пригощайтеся! Якщо, звичайно, ви їсте таку їжу, — Олівія відкрила коробку, і смачний запах плавленого сиру з підсмаженими ковбасками наповнив жалюгідну обитель монаха.

— В дорозі я споживаю будь-яку їжу, послану світом, із вдячністю, — швидко відповів Ардан і вхопив шматок піци.

Тільки зараз старий відчув, що дійсно голодний: усю минулу добу він, здається, взагалі нічого не їв, поки тривожні думки не давали йому спокою. Але тепер, коли відповідь була знайдена...

Уважно примруживши й так вузькі очі, він раптом на секунду завмер, ухвалюючи важливе рішення.

— Щось трапилося? — Олівія, теж доклавшись до геніального італійського кулінарного винаходу, здивовано озирнулася, намагаючись зрозуміти, що змусило монаха заклякнути, як статуя, зі шматком піци у роті.

— Олівіє, а що ти знаєш... про драконів? — це питання прозвучало так буденно, ніби мова йшла про щось повсякденне.

— Про драконів? — дівчина ледь не вдавилася. — Ну, мультики про них є, — спробувала пожартувати вона, між тим зрозуміла, що Ардан говорить цілком серйозно. — Взагалі, нічого...

— Взагалі нічого? І казки тобі в дитинстві не розповідали? — чергу здивувався монах.

— Казки, які я часто чула в дитинстві, починалися зазвичай зі слів: «Донечко, ти ж бачиш, як татові погано... Якщо не вкрадеш йому в магазині пляшку ліків, він може померти... І ти будеш у цьому винна!..» — відповіла неголосно Олівія і відвернулася.

— Вибач... — пробурмотів Ардан.

— Проїхали, — понуро махнула рукою дівчина.

— Дозволь тоді я розповім тобі? Тільки не казку, а легенду...

— Звичайно, — кивнула Олівія і знову почала жувати піцу. Довго сумувати вона не любила. До того ж ситуація, здається, обернулася дуже цікавим боком.

— У нашому тривимірному світі від самих часів його створення йде боротьба світлих і темних сил. Ненадовго перемогу отримує одна з них — і в такий момент настає пора великих змін. Тривати вона може кілька століть, а може — кілька днів. І коли перевага надовго залишається на боці пітьми, люди закликають вищу силу — Чорних Драконів Рівноваги. Чорний дракон, почувши заклик, спускається на землю, після чого встановлює рівновагу — бо його Сила велика, вона може змінювати світи і творити нові. І немає перепони, не підвладної йому...

— І що, колись такий дракон приходив на землю? — недовірливо перепитала дівчина.

Розповідав монах, звичайно ж, красиво, але поки все це було схоже на дитячу казку.

— Безумовно, — важливо кивнув Ардан. — Думаєш, чому дотепер китайських правителів називають драконами? І дракон досі — головний символ Сходу?.. Колись один з цих величних істот почув заклик і з'явився, щоб допомогти пригніченому народу, якого з усіх боків взяли в облогу вороги. Він дав їм нові знання, навчив їх робити досі небачені речі. Він подарував їм бойове мистецтво, і вони знайшли нову силу і новий сенс. А головне — гідність! І вже ніхто не міг безкарно напасти на їхні міста й селища.

— Гм... Але ж це лише... легенда? — знизала плечима Олівія.

— Легенди не з'являються на порожньому місці! — майже урочисто вигукнув монах. — Звичайно, вони обростають масою «неймовірностей», як потонулий корабель з часом — черепашками і водоростями. Але скільки б шарів морської зелені не наростало зверху, судно все одно залишиться судном — нехай навіть забутим і захованим від усіх. Нашому світу знову потрібен Чорний Дракон, щоб спрямувати розвиток цивілізації в нове русло, — додав він, розправивши плечі й гордо піднявши підборіддя.

Олівія навіть перестала жувати: зараз перед нею сидів не недоумкуватий фанатик-азіат, яким вона звикла вважати Ардана, а хтось немов абсолютно оновлений, сповнений сили і наснаги. Навіть вузькі очі його стали більшими, виблискуючи рішуче і відважно.

— І мені потрібен помічник, вірніше, помічниця, щоб зробити це. Погодишся ти, Олівіє, допомогти мені і залишити своє ім'я в історії?

Дівчина відповіла не відразу: вона все ще насилу вірила, що все це не жарт. Але весь вигляд Ардана доводив зворотне.

«Невже він вірить у цю нісенітницю? Тоді він — ще більш божевільний, ніж я припускала», — подумала Олівія, але тепер чомусь з повагою.

— Моє ім'я, як і я сама, побувало в різних історіях, — усміхнулася вона чи сумно, чи весело. — Однак на історію світу я поки не замахувалася... Чому б і не спробувати? Добре, я згодна!

— Я приймаю твою відповідь, хоробра дівчино, — поважно кивнув монах.

Синій птах над верхівкою Олівії, сплеснувши крилами та прикривши ними голову, картинно вивалився з невидимого гамака і, падаючи на підлогу, випарувався.

— І нехай почує нас Великий Дракон!

# ГЛАВА 25

— Звичайно, дракон! — гримнуло ще раз у Олівера над головою, і у цьому гуркоті хлопець почув сміх. — А кого ти очікував побачити, якщо викликав дракона? Зеленого чоловічка в консервній банці?

— Хто... викликав? — нарешті наважився вимовити юнак.

Зжерти його зараз, здається, не збиралися, і це була хороша новина. Поганою поки залишалося те, що, скільки він не щипав себе щосили за руку, повернутися з цієї неймовірної реальності, де ось так запросто бігають величезні ящери, не виходило.

— Ну не я ж!

Дракон раптом став швидко дрібніти і через хвилину вже стояв поруч з Олівером, трохи піднімаючись над ним краєм кістяного гребеня на тім'ї. Правда, від втрати розміру він не став менш грізним на виляд: все його тіло від моторошної пащі до кінчика гнучкого хвоста покривала чорна луска, виблискуючи глибоким металевим блиском, під лускою бугрилися сталеві м'язи. Крила нагадували тверду шорстку шкіру, натягнуту на численні перетинки. Весь цей живий арсенал прикрашали леза кігтів на чотирьох лапах, шипи вздовж хребта і білосніжні списи зубів — кожен з них згодився б за кинджал поважаючого себе джигіта. При цьому розкрита паща розтягнулася в гримасі, що нагадувала усмішку, а великі помаранчеві очі з вертикальною зіницею дивилися насмішкувато й ніби зовсім по-людськи.

— Це якась помилка! Я нічого не робив, — заперечливо захитав головою Олівер, піднімаючись на ноги.

Правда, коліна ще продовжували зрадницьки тремтіти, але він щосили намагався триматися впевнено. Ця істота, ким би вона не була, здавалася розумною.

— Це розіграш, чи не так? Телешоу? — в голосі молодого пікапера почулася надія, і дракон шумно видихнув (здається, з пащі у нього вискочив язичок полум'я).

— Ти на сонечку перегрівся? — довгий гнучкий кінчик драконівського хвоста раптом гепнувся на голову хлопця, обмацуючи її, ніби й справді чудовисько зібралося дбайливо виміряти йому температуру.

Але саме це остаточно привело Олівера до тями — хвіст був абсолютно реальним, жорстким і важким. І анітрохи не схожий на галюцинацію, за яку він мав свого дивного співрозмовника.

Хлопець сердито скинув зі своєї голови кінчик драконівського хвоста.

— А ти б як відреагував, якби ні з того ні з сього твоя машина, раптом оскаженівши, перетворилася на чудовисько? — пробурмотів він, все ще насторожено поглядаючи на давнього ящера, який стояв перед ним наче й не було нічого.

— Сказився? Та я терплю тебе третій день! Спостерігаю, щоб зрозуміти, для чого мене призвали у цей світ. А ти кидаєшся, як сліпий щур, від однієї дурості до іншої, немов забувши, навіщо мене викликав!

— Та не викликав я тебе!!! — закричав Олівер, давши волю всім своїм почуттям, що накопичилися за цей дійсно божевільний довгий день. — На біса мені здався здоровенний ящір, який до того ж із мене знущається?!

— Тобто ти хочеш сказати, що я даремно прилетів з іншої зоряної системи? Я тут, щоб послухати відмовки якоїсь земної комашки? — дракон загрозливо підвівся і почав наступати на свого співрозмовника.

Але на хлопця це вже не подіяло: сьогодні на нього кричали, його принижували і відкидали всі, хто тільки міг. Тому нова порція тиску його не лякала: зараз він і сам готовий погрожувати кому завгодно.

— От і повертайся назад, якщо даремно! І нема чого на мене кричати! — вибухнув Олівер, повернувшись до дракона, немов готуючись до бійки з ним.

Ящір, несподівано завмерши, глянув на хлопця по-іншому, тепер — з цікавістю.

— Фе, який ти нервовий, — раптом сказав він, скорчивши гримасу, і сів на траву на задні лапи, по-котячому обернувши їх хвостом. — Охолонь, бо зараз почнеш вогнем пихкати від гніву.

— Якби! Тоді б жоден начальник не став би на мене кричати... — з несподіваною гіркотою зізнався Олівер.

Уся його лють раптом пропала, залишивши лише втому і якийсь дивний спокій. Дракон так дракон... Гірше, ніж є, бути не може.

— Гм... А хвостом, або що там у тебе — рукою у вухо не пробував? — поцікавився ящір, глузуючи чи всерйоз.

— Начальнику так просто у вухо не даси. І супернику теж, — зітхнув Олівер, опускаючись на траву поруч з новим знайомим. — Вважатимуть ненормальним.

— Зате більше насміхатися не будуть, — хитнув крилом прибулець.

Тепер вони обидва з цікавістю дивилися один на одного.

— То звідки, кажеш, тебе занесло?

— Тобі карту намалювати? — поцікавився дракон єхидним тоном. — Щоб, якщо повз пробігатимеш, у гості навідався?

— Дякую, не треба, — буркнув Олівер. — Я тебе не обманюю, — додав він уже спокійно. — Я дійсно нічого такого не робив. Та й не знав навіть, що комусь може знадобитися викликати дракона. І головне, для чого?

— Міжгалактична доставка піци. Підсмажування клієнта — безкоштовно, як бонус, — буркнув дракон.

Юнак розреготався.

— А про піцу ти звідки знаєш, якщо з неба впав? Чи у вас її там теж їдять?

— Я не потребую фізичної їжі для підтримки свого енергобалансу, — пирхнув дракон. — А про ваші пристрасті... Я тут трохи покопався в інтернеті з метою заповнити пропуск в інформації про Землю за останні... — ящір на секунду замовк, прикривши помаранчеві очі, немов щось подумки вираховував. — За останні вісім тисяч років.

— І як тобі? — запитав Олівер з гордістю за свою цивілізацію.

— Жа-а-а-а-ах, — шумно видихнув дракон. — Здається, з'явився я тут не дарма, і неважливо, хто тому причина. У цьому я потім розберуся.

— І що ти робитимеш, якщо вже з'явився? — запитав Олівер з непідробною цікавістю.

Як не дивно, це жахливе чудовисько, яке ще кілька хвилин тому наганяло виключно жах, тепер починало подобатися хлопцеві.

— Те, що і належить Рівноважним силам, — порядок наводити, — зітхнув дракон. — Тільки спочатку мені потрібно ще більше інформації зібрати.

— А як же... моя машина? — водій пікапа раптом згадав про насущне і зажурився. — Якщо я скажу шефові, що вона — це ти, він мені навряд чи повірить.

— Та вже з довірою у тебе не склалося, — хмикнула рептилія і, задумливо почухавши маківку кінчиком хвоста, раптом запропонувала: — Добре, я поки побуду твоєю машиною. Розгулювати у своєму звичайному вигляді у вашому світі — скажімо так, важко, а на звичайний автомобіль ніхто уваги не зверне. До того ж мені й набагато зручніше вночі. Тож вдень я — твій автомобіль, а вночі — у мене свої справи. Годиться?

— Гаразд, — із сумнівом кивнув юнак, ще не зовсім віpячи в настільки неймовірний результат справи.

Космічний дракон у вигляді пікапа — не кожен день з вами таке трапляється...

— Тільки не думай більше тягнути мене у це жахливе місце з неприємною жовтою рідиною, якою ти намагався мене напоїти! — раптом гаркнув дракон і застережливо вишкірив величезні зуби.

— Це на заправку, чи що? Здорово ти від мене тоді втік! Я вже думав, що хтось вирішив розіграти мене.

— Дуже смішно! Ти збирався влити мені якусь гидоту, а я — терпи, так? — буркнув дракон, і Олівер від душі зареготав.

За весь цей довгий гнітючий день він нарешті відчув, що може розслабитися.

— Домовилися...

— А тепер підкажи-но мені, де тут можна знайти якусь височину подалі від міста і людей.

Хлопець на хвилину задумався.

— Є таке місце — Синя Гора називається. Ну, взагалі це ніяка не гора, а просто пагорб, на ньому ще руїни якогось старовинного замку залишилися. Раніше туди туристи іноді приходили, але зараз місце майже забуте. Там тобі ніхто не завадить.

— Дуже добре!

Дракон, піднявшись, зовсім по-котячому потягнувся, вигнувши спину. З-під лап полетіли в різні боки грудки землі разом з лісовим дерном.

— Я міг би провести тебе, — швидко додав Олівер.

Йому чомусь зовсім не хотілося розлучатися з новим знайомим, який все більше викликав інтерес і симпатію.

— Добре, бігтимеш поруч і показуватимеш дорогу, — відповів дракон абсолютно серйозно.

Підстрибнувши на своїх важких лапах, він на секунду завис у повітрі, а потім опустився на всі чотири колеса — у вигляді чорного пікапа. Приголомшений пікапер спочатку не знав, що сказати, між тим дверцята автомобіля з боку водія відчинилися, нібито запрошуючи в салон. Не примушуючи себе довго просити, хлопець стрибнув на сидіння — і автомобіль негайно зірвався з місця, повторивши ту саму шалену гонку, яка пів години тому довела його майже до істерики. Тільки зараз Олівер почував незрозумілий драйв: вперше за довгий час він не знав, чого ще можна чекати від життя вже через п'ять хвилин — і це, хай як дивно, йому подобалося...

# ГЛАВА 26

Вода в басейні відсвічувала фосфорним світлом, і від її легкого коливання на стіни падали мертво-блакитні відблиски.

— Будинку, відкрий мені небо, — сказав Вільям, не сумніваючись, що розумний помічник почує його і виконає команду.

Майже відразу вгорі прозвучало тихе дзижчання, темні пластини на стелі роз'їхалися в боки, відкриваючи вид на холодне зоряне небо.

Тут, на околиці міста, штучне світло від людських осель було все ще занадто яскравим, не даючи можливості в повній мірі насолоджуватися всією пишністю зіркових просторів. Зірки здавалися блідими — їхнє боязке світло не могло змагатися з нахабними міськими прожекторами. І навіть тут, на даху особняка Голови, задоволення спостерігати за нічними світилами обмежена. Через те, що натовпи народу в цей час їдять, п'ють, снують вулицями туди-сюди, розважаються, дивляться телевізор, і на все це їм потрібна величезна кількість світла, енергії, ресурсів...

Вільям, шумно зітхнувши, опустився в крісло поряд з басейном. Купатися не хотілося, але і сон теж не йшов. Зараз, коли його давно обдуманий план, на який витрачено стільки сил, як ніколи був близький до завершення, він не міг спокійно заснути. Адже неухильно наближається «час Х» — не просто його примха, а місія, вище завдання на Землі, яке він уже майже виконав.

Колись дуже давно розумний хлопчик-очкарик із бідного району мріяв про справедливість. Його регулярно били міцніші однолітки, бо він був не схожим на них. Мріяти про сильних братів або про великого доброго батька було справою безнадійною: його мати — постійно виснажена, а тому нервова, працювала офіціанткою в дешевому нічному пабі, заміж ніколи не виходила і постійного друга не мала. Вона виховувала сина одна — як могла... Інакше кажучи, днями він був полишений на самого себе і міг робити що завгодно. Напевно, якби він був вищим і нахабнішим, пропадав би разом з іншими підлітками у гаражах та підворіттях. Але йому, білій вороні, незмінній «подушці для биття» однокласників, про друзів теж доводилося хіба що мріяти.

Усе його життя пішло по-іншому після одного вчинку — дрібного, на перший погляд, але він мав вибухоподібні наслідки...

Він повертався зі школи: як завжди, руки в кишенях, голова опущена, йшов по вулиці швидким кроком — тільки б зайвий раз не потрапити на очі кому не слід. Його погляд, ковзнувши по вітрині невеликої книжкової крамниці, раптом зачепився за назву: «Сильні не виправдовуються». Прості букви на темному тлі, тонка книжечка в розділі «Новинки», але він чомусь не міг відірвати від неї очей. Як заворожений, увійшов у магазин і відшукав її на полиці. Продавчиня байдуже глянула у його бік і знову повернулася до перерваної телефонної розмови. Хлопця тут знали — він часто крутився біля полиць із книжками, перебирав їх, іноді купував щось на розпродажі. Правда, сьогодні ціна за новинку була непристойно високою — у нього не знайшлося б таких грошей. Однак Вільям точно вирішив, що не піде з магазину без цієї книжки. Він обов'язково мав дізнатися, чому сильні не виправдовуються. І чому йому самому все його життя здається суцільним непорозумінням і помилкою — немов він винен уже в тому, що з'явився на світ і не «вписується» в це стадо агресивних самців та байдужих самок.

Лівою рукою, з тремтінням хлопчина незграбно засунув книжку собі під куртку, а правою гортав сторінки журналу, схилившись над нижньою полицею. Покрутився ще пару хвилин — і пішов до виходу. Даремно він так хвилювався, щосили зображуючи спокій, — продавчиня, захоплена своєю розмовою, навіть не глянула в його бік. І Вільям із жаданою книжкою опинився на вулиці.

Правда, яка йому відкрилася, вразила настільки, що була сприйнята як істина — такою залишалася для нього й досі. Автор, використовуючи приклади з дикої природи, радив, як поводитися, щоб досягати своїх цілей. Світом людей теж управляли закони зграї (або стада), згідно з якими неминуче мають бути «альфа» і «омега», а ще — вигнанці. Ти не можеш вигадати для себе іншої ролі, але можеш змінити статус, якщо правильно використовуєш даний тобі привілей — мозок. Необхідність і доцільність — ось дві аксіоми, які тримають світ. І тут немає місця зайвим емоціям...

За одну ніч наодинці з цією книжкою світогляд тринадцятирічного підлітка змінився настільки, що наступного дня він не пішов у школу. Замість цього попрямував до міського парку й провів там увесь день, намагаючись зібрати купу розрізнених думок в одну струнку систему. І в нього вийшло! Власна система Вільяма виявилася простою і ефективною: кожен приділяє увагу тільки собі, підігравай їхньому почуттю важливості та у своїх цілях використовуй недоліки. Крім того, ніколи не виправдовуйся, ні перед ким. Тоді ти сам повіриш у свою правоту, і в неї повірять інші...

Наступні дні й місяці стали часом рішучих змін. Враженим однокласникам залишалося лише дивуватися, як худенький очкарик-заучка з груші для биття перетворюється на «ти-з-ним-краще-не-зв'язуйся». Нічого дивного, що у пари-трійки п'яниць з бару, де працювала його мати, пропали портмоне з документами і знайшлися у головного задираки з його класу, який дуже часто не давав проходу ботану. Не дивно і те, що темношкірі хлопці із сусіднього району раптом ні з того ні з сього розсердилися на малолітніх бандитів з його кварталу, і в результаті грандіозної бійні ще троє ворогів потрапили у лікарню. І якось раптом брати Сміти, двоє громил-близнюків з паралельного класу, почали хвостом бігати за дрібним заучкою, виконуючи його доручення. Як йому вдалося «приручити» цю дику силу, знав тільки сам Вільям, але ніхто більше не смів простягати до нього руки. А коли в шкільній комп'ютерній системі несподівано знайшовся якийсь раніше невідомий вірус, саме цей хлопчик прийшов на допомогу і не тільки розблокував усі комп'ютери, а й поставив винайдений ним самим захист від нових вірусів. Незабаром ця програма виявилася дуже затребуваною, бо від вірусних атак постраждало безліч установ і фірм у місті. Слава про юного програміста швидко розлетілася, а скромних, але регулярних винагород вистачило на те, щоб купити новий потужний комп. На ньому вже були написані наступні, більш серйозні програми-віруси...

Тепер Вільям не виправдовувався — найперше перед собою, адже довести вину юного комп'ютерного генія було майже неможливо. Ні в той момент, коли зняті з чужих рахунків кошти струмочками стікалися на численні рахунки скромного студента технічного коледжу, ні коли він заснував свою фірму, ще коли тільки закінчив навчання в університеті. Компанія займалася антивірусними програмами, а її співробітники навіть не підозрювали, звідки виходять ті самі віруси, з якими вони так успішно борються.

Це був початок. Світ бізнесу, як і світ політики, прийняв нову зірку. За півтора десятка років «Блек Пленет» виросла до трансатлантичної корпорації, а її засновник і директор Вільям Блек зробив запаморочливу кар'єру: він став генеральним директором величезного науково-дослідного підприємства з філіями по всьому світу, а також радником при міністерстві економіки. І лише посвячені люди знали його під іншим ім'ям — Голова. Голова Світового Таємного Уряду, що містить у собі десяток найвпливовіших світових лідерів (і більшість з них не були знайомі широкому загалу). СТУ, який вирішує долю світу, залишався в тіні і під покровом таємниці. Поки що залишався... Незабаром потреби у цьому не буде.

— Щоб дати можливість дозріти врожаю, треба прополювати бур'яни. Навіть якщо їх багато, дуже багато. Сім мільярдів зайвих, вони отруюють небо, закривають світло зірок, знищують, як сарана, залишки ресурсів на цій планеті, вичавлюють з неї все до краплі... — задумливо бурмотів Голова, відкинувшись на спинку крісла і дивлячись на ледь помітні цятки зірок у себе над головою. — Мільярда людей буде достатньо, щоб цивілізація продовжувала існувати і не відкотилася назад у своєму розвитку. Вибрані отримають протиотруту. Деякі виживуть самі — це неминуче, і разом вони дадуть початок нової цивілізації. А на чолі її будемо стояти ми. І потім нас назвуть рятівниками нового людства. Сильні не виправдовуються. Переможців не судять... Ще трохи — і я нарешті зможу побачити зірки в небі над своїм будинком, і вогні міста більше не заважатимуть цьому, — додав Блек з тихим сміхом.

Захоплений своїм монологом, він не помітив тоненьку тінь поруч з відкритими на мансарду дверима. І величезні сірі очі, розширені від жаху, повні відчайдушних сліз...

# ГЛАВА 27

Коли вони дісталися до потрібного місця, в прохолодних сутінках вже хлюпала вечірня тиша. Місце дійсно було занедбаним, далеко від центральних доріг і міст. До верхівки широкого пагорба, порослого рідкісною рослинністю, вела вузька ґрунтова дорога, на якій лише де-не-де закарбувалися велосипедні шини. Мабуть, каміння стародавньої будови, давно і щільно поросле мохом, мало кого цікавило. Навіть шум машин, що проїжджали по далекому шосе, чувся на самому піку пагорба, як фантомний звук — ніби він є і його немає, немов життя зачаїлося або випадково задрімало. Втім, варто було їм трохи посидіти в тиші (дракон, який набув свого легендарного вигляду, шикнув на Олівера, щоб той закляк), як це саме життя проявилося у повній мірі. На кам'янистому схилі пагорба раптом з'явилося кілька... диких кроликів. Абсолютно не звертаючи уваги на приголомшеного хлопця, вони попрямували до дракона. Ще через кілька хвилин над ними безшумно замиготіли в повітрі крила нічних птахів — кілька сов спробували сісти йому на спину.

— Уф, вставайте з мене! Лоскотно...

Дракон по-собачому стрепенувся, і птиці, залишивши свої спроби, покірно приземлилися біля його лап. Ще через пару хвилин промайнула руда спинка і розкішний хвіст. Навіть не глянувши на кроликів, красуня-лисиця довірливо підійшла до величезного ящера. Рідка трава заворушилася — кілька їжаків теж приєдналися до звірячої спільноти. І, зовсім вже приголомшивши Олівера, приповзла товста змія й спокійнісінько згорнулася кільцями поруч з їжаками.

— Це... що це таке? — затинаючись, вимовив юнак, розгублено дивлячись то на задоволеного дракона, то на різношерсту компанію дрібних і середніх звіряток за крок від нього.

Але сама звірина не звертала на людину жодної уваги: всі вони дивилися тільки на дракона — ніби на свого господаря.

— Місцеві жителі прийшли привітати мене, — хмикнув ящір. — Вони ввічливіші, ніж ті, хто ходить на двох ногах.

— А ти не збираєшся їх... ну того, повечеряти ними? — з підозрою уточнив хлопець.

Все ж таки повадки цієї дивної істоти поки залишалися для нього непередбачуваними.

— Якщо вірити вашим фільмам, то я маю харчуватися виключно кістлявими незайманими дівчатами! — пирхнув дракон. — Люди такого про нас понавигадували... жах просто! Якихось вісім тисяч років, а від рук зовсім відбилися. Ти відпочивай поки, мені потрібно ще дещо перевірити...

Обережно струсивши з хвоста пару їжаків, прибулець повернувся до Олівера спиною.

— Ага, як скажеш, — зітхнув той і теж влаштувався на траві.

Поки не зрозуміло, що на них чекає, але у будь-якому разі пауза, щоб перевести дух і трохи заспокоїтися, не завадить. Олівер схрестив ноги по-турецьки, не думаючи, що може забруднити зеленню нові джинси, і прикрив очі...

Коли розплющив їх, не відразу зрозумів, де він. Над його головою розкинулося величезне темне небо. Здавалося, зірки підморгували і ледь помітно погойдувалися в якомусь космічному танці. Світлою смугою тягнувся через небесне склепіння Чумацький Шлях, витканий з міріад крихітних іскор — таких далеких, що тільки слабке марево світла тяглося від них ледь помітними нитками. Тут, далеко від вогнів великого міста, ця світла широчінь здавалася втіленням істинного Справжнього, що так часто втрачається в суєті одноманітних буднів...

Задивившись на трепетні нитки зоряного світла, Олівер не відразу помітив, як заснув, притулившись спиною до дракона. Серед цієї яскравої космічної краси уже зовсім не дивною була присутність поруч міфічної істоти: і тиша прохолодної ночі, і ця зоряна велич, і дракон — все виглядало органічно та природно. А залишені в місті клопоти, робота, невдачі й розчарування, клієнти і сварлива мегера-менеджер видавалися на тлі відкритої нескінченності комічно незначними...

## ГЛАВА 28

— Не спиш? — Чорний дракон помітив його пробудження, хоча й сидів, відвернувшись в інший бік.

— Дивно... Мені здається, саме зараз я прокинувся, — пробурмотів Олівер, так само не відриваючи очей від зіркових розсипів.

— І чому б це? — глузливо хмикнув хвостатий співрозмовник. — Може, тому, що ти відразу ж вирубився, щойно сів на травичку, і тільки зараз відкрив очі?

— Та я не про те. Мені здається, я взагалі спав до цього моменту — не пару годин, а, напевно, все життя. Бігав по колу щодня, вирішував якісь дурні проблеми і вважав, ніби живу. А тепер раптом побачив себе збоку...

— Ну, тоді вітаю! — у словах дракона не було глузування. — Багато людей за все життя не знаходять декількох хвилин, щоб просто зупинитися, подивитися на небо і відчути, що вони не такий вже й центр світобудови...

Він раптом шумно повернувся до юнака — від несподіваного руху той просто плюхнувся спиною на землю, але так і залишився лежати там, підклавши руки під голову. Дракон влаштувався поруч — тепер вони удвох дивилися вгору.

— Я і раніше бачив, що у вас тут не все гаразд, але не думав, що все настільки запущено, — раптом зізнався він. — Треба було мені з'явитися на тисячу років раніше — тоді було б простіше на щось вплинути. Підштовхнути в правильному напрямку, дати віру. І, дивись, цивілізація знову рушила б у бік світла, всі почали б дружно відновлювати гармонію тощо. Але зараз...

— Що зараз? — Олівер знизав плечима.

— Уже так просто не вийде, — зітхнув дракон. — Люди більше не вірять у вищі сили. Навіть якщо кажуть, що вірять, і навіть якщо поклоняються — насправді найчастіше вони просто удають, щоб отримати якусь вигоду для себе або щоб не відрізнятися від інших. Всі інтереси людей крутяться лише навколо їхнього особистого благополуччя. Кожен хоче стати багатим та знаменитим і навіть теоретично нести добро, але мало хто дійсно готовий робити хоч щось. Як на мене, найбільша ваша проблема — це купа непотрібних слів. Ви всі тільки й робите, що говорите...

— Може, ти маєш рацію, — зітхнувши, погодився представник людства. Він відчував себе трохи ураженим, ніби був відповідальним за всіх людей на планеті Земля. — І що, нам ніяк не можна допомогти?

— Але і це не найгірше! — Дракон, здається, не почув питання Олівера. — Ще за пару-трійку сотень років людство, ймовірно, наговорилося б досхочу і почало б нарешті щось робити. Але у нього може й не бути такої можливості, — похмуро додав він.

— Ти про що? Про кінець світу? — Олівер від несподіванки ледь не підскочив і витріщився на лускату морду свого співрозмовника.

Разом з несподіваним страхом за майбутнє (сумнівів у тому, що дракон каже правду, чомусь не було) він раптом відчув незрозумілий азарт. Ніби щось давно забуте прокинулося в ньому: мов потривожена душа заворушилася і нашорошила вуха, намагаючись не пропустити щось важливе для себе. Зараз він знову був хлопчиськом, який потрапив у неймовірну казку.

Але дракон здавався серйозним і замисленим:

— Кінець світу придумали жадібні торгаші, щоб продати переляканим громадянам побільше консервів, — буркнув він. — І шансів померти у цих громадян значно більше від нетравлення шлунка через зіпсовану консервовану квасолю, ніж від кінця світу... І все ж є одна людина, яка дійсно задумала щось страшне. Цей чоловік одержимий ідеєю, що людей стало занадто багато, і придумав собі місію — очистити планету. Йому здається, він зможе контролювати процес, коли запустить у повітря смертоносний вірус, який може вбити мільйони. Але він не в змозі зробити це: коли вірус буде випущений, то вийде з-під контролю і вб'є всіх. І більше нікому буде виправляти помилки цивілізації: людей на Землі просто не залишиться, вони вимруть так само, як колись розумні ящери.

— Розумні? Це ти про динозаврів? Але вони були...

— Уже неважливо, якими вони були, — їх більше немає. Це може статися і з вами.

— Але звідки ти про це знаєш?

По шкірі Олівера пробіг відчутний холодок — почути щось таке хлопець зовсім не очікував.

— Я ж не тільки переглядав тут ваші телеканали з інтернетом, а й просканував ментальне поле Землі, — пояснив дракон так спокійно, ніби мова йшла про речі зовсім звичайні. — І часу залишилося дійсно дуже мало: ті, хто називають себе Світовим Урядом, дуже скоро втілять свої божевільні ідеї в життя.

— І це що, наше майбутнє?

— Майбутнє мінливе. Немає нічого такого, що не можна було б виправити, поки воно не відбулося. Я побачив тільки варіант майбутнього — але він наближається до реальності. І тому мені необхідно терміново знайти їх.

— Кого?

— Мені потрібні супергерої планети Земля, — серйозно сказав Дракон.

— Супергерої! Ой, не можу... — схопившись за живіт, Олівер почав кататися по траві, поки його ноги не огрів гострий удар драконівського хвоста.

Але навіть після цього хлопець заспокоївся не відразу. І тільки насміявшись досхочу, зміг видавити із себе:

— Супергерої — це вигадка. Просто фільми для розваги, і все. Їх немає і ніколи не було насправді.

— Невже? Тільки фільми? — Дракон здавався спантеличеним. — Ну, у мене було не так багато часу, щоб придивитися, — пробурмотів він уже примирливо. — То справді нікого підходящого немає?

— Ні-і-і-і, — розвів руками Олівер.

— Але для вирішення цього завдання мені потрібен саме супергерой, — задумливо пробурмотів дракон. — Відважний, швидкий, здатний блискавично вирішувати, безстрашний...

— Тоді, може, тобі пошукати такого на іншій планеті? — припустив юнак. — Ти ж казав, що ми не одні у Всесвіті...

— Звичайно, не одні! — пирхнув дракон. — Ці сумніви подібні до того, ніби б мурашки ламали свої голови, чи є ще розумне життя, крім їхнього мурашника. Однак проблема в тому, що врятувати планету може лише той, хто є її частиною. Інші здатні допомогти, але не більше. Такі закони, і навіть я не можу їх порушити. Рівновага тримається на принципі вільної волі, а Рівноважні сили лише доглядають за планетами, між тим не можуть втручатися безпосередньо в їхні справи. Розвиток має іти своєю чергою. Ми здатні направити, навчити, але не можемо зробити все самі.

— Як же бути в такому разі?

— Якщо вже супергероя немає, доведеться створити його. Зростити, як кажуть. Зліпити... З того, що під рукою.

— І що ж у тебе під рукою, точніше, лапою? — не зрозумів Олівер.

Представник Рівноважного сил у відповідь хитро примружився.

— На даний момент — ти. Ось із тебе і робитимемо супергероя.

Юнак дивився на дракона, намагаючись зрозуміти: насміхається той над ним чи говорить серйозно. Однак у драконівських очах не було глузування.

— Але в мене ж немає ніяких суперздібностей, — розгублено пробурмотів Олівер.

— Ні в кого немає. Значить, будемо плекати. І то швидко! Десятиліть на медитації в печері у нас немає... У кращому разі — пара місяців. А в гіршому... Ну, сподіватимемося на краще.

— А ти у мене запитав? — буркнув Олівер. Йому здалося образливим, що все вирішили за нього. — Може, у мене часу немає? Знаєш, є ще робота, друзі, дівчина, кредит за квартиру, своє життя...

— Ти не зрозумів! Часу немає ні в кого! Якщо Темний Уряд підірве бомбу, кредити повертати буде нікому! Та й взагалі — що ти називаєш своїм життям? Роботу, яка стала безрадісною рутиною? Твій єдиний друг — сусід, з яким ти посварився, а дівчина навіть не здогадується про твої почуття, бо ти так і не зміг запросити її на побачення? Це ти називаєш своїм життям?! Якщо таке життя тебе влаштовує — що ж, це твій вибір. Можеш продовжувати — ще кілька тижнів, поки вірус не вирвався на свободу. Вперед! Тільки вже без мене.

Дракон сердито підхопився і, не озираючись, побрів вниз по схилу пагорба, залишивши розгубленого Олівера на самоті.

— Гей! Почекай!

Хлопець кинувся навздогін за ящером. А якщо той дійсно розсердився? І зараз візьме і випарується на місці?

— Та зачекай же ти!

Тільки перейшовши на біг, Олівер зміг наздогнати ящера. Той знехотя зупинився.

— Чого тобі?

— Ну я ж не сказав, що відмовляюся! — гаряче запевнив його хлопець. — Просто мені не подобається, коли без мене вирішують, як мені жити.

— Так з тобою всі так чинять. Мав уже звикнути, — уїдливо кинув дракон, але все ж зупинився.

— Напевно, твоя правда, — з гіркотою погодився юнак. — Тоді тим більше — який з мене супергерой?

— Невпевнений, — вишкірився прибулець, — але все це можна виправити, — додав він майже доброзичливо.

— Ти так думаєш?

— Поки ти живий — все можна виправити і багато чого навчитися, — знову усміхнувся він на всю свою ікласту пащу. Правда, вийшло не так моторошно, як раніше. — Я сам візьмуся за твоє виховання!

— Угу, я вже уявляю собі це... — похмуро протяг Олівер.

— Почекай!

Дракон раптом завмер, прислухаючись. Юнак теж мимоволі зупинився, однак нічну тишу порушували тільки ледь помітний спів цикади і тихий шелест вітру.

— Мене кличуть, — пояснив нарешті космічний ящір.

Слух у нього, напевно, був значно кращим за людський, бо Олівер не чув анічогісінько, що нагадувало б поклик або крик.

— Але я нічого не чую...

— Ти й не повинен: дракон тут один — я. І мій слух розрізнив таємний поклик.

— Значить, ще хтось знає про твою появу?

— Можливо! Це ми зараз і з'ясуємо... — дракон затремтів, перевтілюючись на чорний пікап.

«Поїхали!» — прозвучало в голові Олівера.

— Але куди?

«Тут зовсім недалеко», — була відповідь.

Втомившись дивуватися, хлопець стрибнув на водійське місце. Правда, як він і передбачав, кермувати йому не дали: пікап, зірвавшись з місця, на страшній швидкості помчав по схилу пагорба.

«Здається, це нагадує справжню пригоду», — подумав Олівер і сам здивувався радості, що наростала в душі.

Невже йому потай хотілося саме цього? Мчати у залізному череві дракона невідомо куди, назустріч долі, яку треба встигнути змінити — поки не стало надто пізно для всіх...

Мабуть, його серце знало набагато краще за розум, що потрібно втомленому від порожнечі молодому чоловіку. Воно стрибало в грудях, як щасливе безтурботне щеня, яке вирвалося на свободу із тісної собачої будки.

Невже саме так і стають героями?

## ГЛАВА 29

Комарине дзижчання, схоже, найнеприємніший звук у Всесвіті. Особливо якщо комарів цих — безліч, і всі вони зібралися прямісінько над твоєю головою.

З кожним кроком у лісову глиб ідея Ардана здавалася Олівії все більш безглуздою. Ну навіщо сунути посеред ночі в ліс, котрий кишить цими дрібними кровожерами і хтозна-чим іще?

Нога не боліла, як раніше, хоча досі неприємно нила від кожного кроку. І все ж дівчина завбачливо мовчала: раптом старий передумає посвячувати її у свої таємниці? Справа саме обернулася удачею: несподівано монах попросив Олівію про допомогу. Вона насилу стримала радість: досі, попри всі її спроби, він уперто не хотів розповідати новій знайомій про свої плани. І мовчав, почувши запитання, що ж робив вночі в лісі, коли примудрився потрапити під машину. Але ось тепер вони йдуть на те саме місце, тільки вже вдвох...

По дорозі Олівія вислухала плутану розповідь про особливості жіночої та чоловічої енергії. Виявляється, надзвичайно важливо і часом просто необхідно проводити церемонію в парі. Від неї в даному випадку потрібно тільки бути присутньою і вимовити кілька слів, щоб гармонізувати енергію виклику.

— Сюди!

Ардан з ліхтарем у руці зробив жест — і Олівія покірно рушила до невеличкої галявини. Прямо в її центрі монах уже стелив на землі бамбуковий килимок. Спираючись на милицю, дівчина дострибала до зазначеного місця і мерзлякувато зіщулилася. Ні, вона, звісно ж, була не з лякливих, але і саме це місце, і дивний, фанатичний блиск в очах Ардана, що розгорався з кожною секундою, мимоволі її насторожували.

Олівія незграбно сіла на рогожу навпроти монаха. Він, схоже, зовсім забув про неї. Діставши із заплічної сумки камінь, Ардан надовго «завис», бурмочучи щось ледве чутно незрозумілою мовою.

Вузьке коло ліхтаря вихоплювало з темряви лише сплетені гілки високо над їхніми головами. Раз у раз лунали крики нічного птаха. Якби не біль у нозі і тепер чітко видиме, освітлене ліхтарем обличчя людини навпроти, ефект дежавю був би повним.

«Не вистачає лише хлопця на білій машині, — подумала Олівія, тоскно вдивляючись у темряву навколо. — Цікаво, як він там? Чи не зарікся ще підбирати на дорозі промоклих дівчат?»

— Повторюй за мною! — пролунав прямо над вухом гарячий шепіт монаха, який повернув її до реальності. — Кію... Аулі... Ггаш!

— Кію, аулі, хаш, — повторила дівчина слова незнайомої мови, які, втім, не здалися їй відразливими.

— Ггаш!

— Гаш, — покірно повторила Олівія, дивуючись, як вдається цій людині продовжувати відчувати якусь перевагу над нею.

Вона надає йому послугу, та ще й чималу, враховуючи всі обставини, а цей божевільний командує нею і підвищує голос — ніби про послугу попросила вона, а не він сам! Якби не безглуздий непотрібний камінь, вона б зараз...

Олівія злегка прикрила очі і, поки монах продовжував бурмотіти свої заклинання, уявила приємну картину: як у жорсткому спарингу ставить на місце цього противного дідугана і змушує поважати себе. Якщо він азіат, та ще й якийсь монах, то, звичайно ж, володіє бойовими мистецтвами.

Але милий серцю кадр — чіткий удар зі стрибка і з розвороту в ніс — раптом розсипався пилом від несподіваного звуку, повертаючи замріяну блондинку на місце. Цим звуком було глибоке і тяжке, повне розчарування зітхання.

Не розуміючи, що відбувається, Олівія закліпала очима. Монах, навпаки, раптом втратив усю свою непроникність, як і азарт: зараз перед нею сидів просто засмучений і розчарований старий, який крутив у руках непотрібний камінь з таким виглядом, ніби вирішував, чи не закинути його в кущі.

— І як? Не виходить? — обережно запитала Олівія.

Ардан тільки відчужено і гірко похитав головою.

— А може, ви знову щось не те зробили? Ну, сіли не туди або щось таке...

— Ми промовили сакральну формулу, ми вдвох. І... нічого не сталося...

Його голос злегка тремтів — помітно було, що він зі шкіри пнувся, шукаючи причину і відмовляючись вірити в те, що відбувається. А реальність була така, що зовсім нічого не відбувалося! Здається, вся ця метушня з каменем значила для нього занадто багато. Тепер, розчарувавшись у своїй ідеї, нещасний продовжував з убитим виглядом сидіти в темному лісі — немов досі на щось сподівався...

З увічливості Олівія вирішила посидіти з ним за компанію ще трохи. Нехай це буде своєрідний прощальний подарунок від неї — мовчазне співчуття замість заслуженої подачі п'ятою в ніс. А завтра вона подзвонить шефу, розповість йому, що дива не сталося, і після — зникне з цього нудного містечка, прихопивши з собою про всяк випадок «дуже цінну» каменюку. Вона відзвітує і попросить відпустку. Ура, відпустка!..

— Ну що ж... Значить, не судилося, — з удаваним зітханням знизала плечима Олівія і стоїчно зобразила хвилини на дві мовчазну скорботу. — Дух не захотів приходити. Напевно, нам краще...

— Це Чорний дракон! Я закликав стародавнього Дракона рівноваги, а не якогось там духа, недолуга ти дуринда! — несподівано загрозливо зашипів Ардан.

Здається, він просто клекотів від злості, бо був схожий на вируючий вулкан.

У душі Олівії росло роздратування. Сунути в ліс вночі з якимось недоумкуватим маніяком, одержимим дивними ідеями, щоб потім ще й вислуховувати від нього образи?! Тонкий комариний писк обірвався на високій ноті: маленький кровопивець спікірував прямо на ніс дівчини, вирішивши нахабно увіткнути в нього своє жало. «Ну ні, з мене досить!» — подумки прошипіла Олівія.

— Це я недолуга?! — приплеснувши комара, вона здійнялася, як фурія, нависнувши над монахом всією своєю тонкою фігуркою. — Значить, саме я притягла в цю діру з іншого кінця світу каменюку і розповідаю тут казки про драконів, так?! Я з хворою ногою припхалася сюди, щоб допомогти тобі, а ти називаєш мене дуриндою?!

Дівчина розійшлася не на жарт. Ардан від несподіванки втягнув голову в плечі і вражено кліпав очима. Здавалося, все йде до того, що навіть поважний вік не врятує його від побиття, якщо тільки ця красуня з хворою ногою не заспокоїться.

— На драконів він тут полює! Ну і де ти востаннє бачив живого дракона?!

— Ик... — раптом несподівано відгукнувся Ардан.

Обличчя його якось витягнулося, а очі округлилися і стали ледь не вдвічі більше.

— Ти не гикай, а відповідай, де ти бачив дракона? Хоч одного?! — не вгамовувалася Олівія.

Уся ця маячня, вогкість і вищання настирливих комарів просто дістали її. І все, чого їй зараз хотілося, — опинитися у своєму теплому ліжку, включити телевізор і заснути під якийсь фільм жахів.

— Добрий вечір, — пролунав звідкись зверху м'який вкрадливий голос із вібруючими нотами баса.

Це сталося так раптово, що Олівія завмерла на місці. Вона абсолютно не очікувала зустріти тут когось іще. Крім того, дівчина не сумнівалася, що почула б звуки кроків — однак їх не було!

У наступну мить, автоматично ставши у бойову стійку, вона різко обернулася, щоб зустрітися ніс у ніс... з величезним ДРАКОНОМ... який якраз нахилив голову, наче хотів краще роздивитися дівчину.

«Як шкода, що я не вмію непритомніти!» — майнула раптом у голові дівчини безглузда думка, поки, завмерши, вона дивилася на драконівську морду. Інших думок просто не було — вони шмигнули в різні боки, як миші з охопленого полум'я будинку.

— Добрий вечір! — озвався з темряви ще один голос.

Але цей належав людині. З-за лускатої драконячої спини до світла ступив... той самий хлопець, що підвозив її недавно.

— Ик... — все, що змогла видавити із себе Олівія.

# ГЛАВА 30

Минуло чимало часу, перш ніж усі знову змогли розмовляти, заспокоїтися і з'ясувати, хто є хто і навіщо вони опинилися зараз тут.

Для Олівера тепер все склалося, як пазли: монах Ардан, що став причиною всієї цієї метушні, з якоїсь причини вирішив викликати дракона. Але щось, мабуть, пішло не зовсім так, і космічний прибулець звалився на голову зовсім іншій людині... Блондинку, що стала причиною його розбрату з Томом, він упізнав одразу — виявляється, вона й недавно була тут з монахом і брала участь у ритуалі виклику. І все ж дракон чомусь вибрав саме його, а не дівчину чи монаха...

Дівчина, її звали Олівія, здається, теж була дуже здивована його появою. Але, звісно, не так, як живим драконом.

Приєднавшись до дивної пари, Олівер теж розмістився на килимку, щоб послухати розповіді нового інопланетного друга. Зрештою, він і сам знав про нього зовсім небагато.

— Ми доглядаємо за безліччю планет і світів у різних вимірах і галактиках. За потреби можемо втрутитися й запобігти особливо небезпечній війні або лиху. Але безпосередньо впливати на події нам заборонено — на те ми й Рівноважні сили, щоб підтримувати баланс, не стаючи на чийсь бік. Але якщо над якоюсь планетою нависає серйозна загроза, ми допомагаємо її жителям знайти в собі мужність і зупинити біду. І, якщо це необхідно, даємо їм потрібні знання, таким чином виводячи їх на вищий щабель розвитку.

— Як це трапилося... в Китаї? — набрався сміливості запитати монах.

До цього він сидів смирно, ніби на молитві, і ловив кожне слово Чорного дракона.

— Угу, вірно, — кивнув той. — Пам'ятаю, з ними було стільки клопоту...

— Зате досі в тих краях шанують драконів. І своїх правителів вони теж називають Драконами, — шанобливо додав Ардан.

Але Олівію, яка вже оговталася від першого шоку, зацікавило зовсім інше.

— Ти сказав «пам'ятаю»? Тобто ти пам'ятаєш давніх китайців?

— Точно, — усміхнувся дракон, продемонструвавши два ряди найгостріших білих зубів.

— Стиль дракона... Так це ти навчив їх карате? — дівчина дивилася на нього вже без переляку, а з неприхованим захопленням.

Здається, драконові це подобалося.

— І не тільки карате... Але це було давно. А тепер ваша черга розповідати, навіщо ви закликали мене.

Ардан підвівся.

— Шановний драконе, я говоритиму з тобою тільки наодинці, — відповів він, зиркнувши на інших.

Однак інопланетний прибулець байдуже хитнув хвостом.

— Не бачу в цьому потреби! Говори зараз, якщо тобі є що сказати...

Ардан ще раз глянув на Олівера і Олівію, не наважуючись вимовити вголос те, що хотів.

— Та не проблема, ми можемо поки і прогулятися, — знизав плечима Олівер.

Найменше йому хотілося пропускати щось цікаве, але треба ж проявити повагу.

— Тільки недалеко, — буркнула Олівія і, кинувши в бік Ардана сердитий погляд, піднялася на здорову ногу й підхопила милицю.

Проігнорувавши галантно простягнуту руку Олівера, дівчина підстрибом рушила до краю галявини. Молодий чоловік поспішив за нею, роздумуючи, що може пов'язувати її з літнім монахом. Цікаво, чому вона погодилася піти, якщо теж брала участь у ритуалі призову? І що їй самій могло знадобитися від космічного дракона?

Але не встигли вони зробити і пари кроків, як дуже вже коротка розмова двох, котрі лишилися на галявині, перетворилася на гуркітливе ревіння дракона:

— Я що, схожий на блакитну фею, яка впала з небес, щоб виконати твої нещасні три бажання?! Чи я схожий на джина з пляшки, котрим можна керувати як заманеться?!

— Н... ні... В... вибачте мені... — пробурмотів переляканий Ардан.

Розгніваний дракон начебто аж став більшим — його гребінь торкався середніх гілок високих дерев.

— Тоді не треба розповідати мені всілякі дурниці! А коли є реальна загроза всьому вашому виду й поготів, — додав він уже трохи спокійніше і, відвернувшись, важко пішов у гущавину лісу, залишивши розгубленого монаха мало не в сльозах.

— Гей, ти куди? — крикнув йому вслід Олівер, але наздоганяти прибульця було марно: той швидко зник з поля зору між дерев.

«Запроси їх до себе, — раптом пролунав у голові юнака знайомий бас. — Нам може знадобитися їхня допомога. А мені потрібно ще дещо перевірити...»

Олівер хотів було відповісти, однак зрозумів, що ніколи ні з ким раніше не розмовляв подумки. Тому йому залишалося лише слухати беззвучний голос у своїй голові: «Я чекатиму вас біля дороги. Але про те, що твій автомобіль — це я, нашим новим знайомим знати необов'язково».

Голос замовк: мабуть, інструкції дракона закінчилися. Намагаючись не показувати, що в той момент щось почув, чого не чули інші, Олівер Сміт повернувся назад до Ардана.

— Ну ось, ти його розсердив, — дорікнув юнак і без того засмученого монаха.

— І що нам тепер робити, пане «я-говоритиму-тільки-наодинці»? — уїдливо додала Олівія. — Тягтися пішки з цієї глухомані туди, звідки можна викликати таксі?

— Ну, необов'язково йти далеко, — вже спокійніше сказав Олівер. — Моя машина тут, поруч. Поїхали до мене — відпочинете, розслабитеся...

— А як же дракон? — пробурмотів Ардан.

Він виглядав зараз настільки нещасним, що викликав жалість.

— Він полетів і навряд чи незабаром з'явиться. Може, завтра я зможу поговорити з ним.

— Значить, це тобі він підпорядковується? Тебе слухає? — повернувся до хлопця монах.

Його очі знову стрімко розгоралися тим самим фанатичним блиском, якого не можна було не помітити.

— Слухає? — Олівер від щирого серця розсміявся. — Ти бачив цю брилу? А зубки? І щодо характеру, думаю, теж здогадуєшся, правда? Гадаєш, буде він комусь підкорятися?

— Але між вами... існує певний зв'язок. Я правильно розумію? — не здавався старий.

Він хвостиком слідував за Олівером — аж до дороги, обережно обходячи колючі зарості.

— Скоріше, нас об'єднує одна справа, — з таємничим видом відповів юнак. — І якщо дракон дозволить, я розповім вам про це... Але спочатку потрібно вибратися звідси.

— Саме час, — буркнула Олівія.

Знову проігнорувавши допомогу Олівера, дівчина гордо, підстрибом на одній нозі, обігнала їх. І знайшла пікап першою.

— Сідайте. Їдемо до мене, — сказав хлопець.

— Лихо ти колір машини міняєш, — присвиснула Олівія і одразу осіклася, прикусивши язика.

Вона глянула у бік монаха, але, на щастя, той не звернув уваги на її слова, повністю заглиблений у свої думки.

А пікапер на зауваження дівчини не відповів, ймовірно, теж розмірковуючи про щось не менш важливе.

Трясучись по вибоїнах ґрунтівки, кожен з трійці тепер думав про своє. Олівер — про те, що це найнеймовірніша пригода в його житті і вона тільки набирає обертів; Ардан — про те, яка несправедлива доля і чому щастить саме молодим дурням; Олівія ж просто ще раз згадувала появу дракона і всерйоз роздумувала на тему, чи бувають галюцинації колективними.

Тому за весь шлях вони обмінялися один з одним декількома словами, а коли опинилися в теплій квартирі після прохолодного передранкового повітря, їм відразу захотілося лише одного — кудись упасти, щоб виспатися.

— Я — на дивані! — відразу заявила Олівія, тільки-но переступивши поріг, і впевнено пошкандибала до знайомого спального місця.

Ардан покосився на неї підозріло, але нічого не сказав.

Як пристойний господар, Олівер запропонував гостю своє ліжко, але той рішуче відмовився: монах звик до аскетичних умов, тому вирішив спати на підлозі. Правда, ковдру все ж таки взяв.

Уже засинаючи, юнак піймав себе на думці: «Тільки б це все вранці не стало звичайним сном! Тільки б не повернутися у тужливу реальність — де немає дракона, а пікап — лише машина...»

# ГЛАВА 31

На щастя, його страхи не виправдалися. Коли він піднявся по дзвінку будильника і, як сновида, приперся в передпокій, перше, що побачив, — Тифон, що солодко спав поруч із Олівією, яка мирно хропіла.

— Схоже, ти змінив господаря! — пробурчав Олівер, не без ревнощів дивлячись на свого кота: поклавши пухнасту голову на ноги гості, той виглядав щасливим і умиротвореним. — Мабуть, забув, хто тебе годує...

Монах спав тут же, на підлозі.

Хлопець зітхнув і, намагаючись не шуміти, пішов на кухню — варити каву.

«Навіщо дракону ці люди? — думав він, знімаючи турку з вогню і виливаючи ароматний напій в чашку. — Здається, він знає щось, чого не знаю я...»

Олівер піймав себе на думці, що думає про дракона, як про старого приятеля, хоча ще вчора ввечері вид стародавнього ящера наганяв на нього містичний жах. Невже з того часу минула лише одна ніч?

Невиспаний, але сповнений якогось абсолютно нового почуття внутрішнього комфорту і задоволення, хлопець дійшов до автостоянки. Його зовсім не здивувало те, що там стояв чорний пікап.

«Нехай іде під три чорти те начальство... Нехай лаються на здоров'я: подумаєш, машина знову не ночувала на службовій стоянці!» — сказав собі юнак, помітивши, що зовсім не засмутився. Може, це космічна рівновага дракона почала на нього впливати?

Хай як дивно, але очікуваного прочухана на роботі не було. Чи ніхто не звернув уваги на таке дрібне порушення, чи всі просто втомилися його лаяти — у будь-якому разі це самоуправство експедитора проігнорували.

Отримавши товар і список пунктів призначення, Олівер вирушив виконувати свої обов'язки. Правда, як він не намагався поговорити з драконом, пікап не відповідав і поводився, немов звичайна машина. Може, свідомість космічного прибульця перебувала зараз десь у вищих сферах? Або драконам теж потрібен відпочинок і тепер його новий друг просто спить?

Занурившись у власні думки, експедитор фірми «Сіті груп» майже на автоматі впорався з половиною маршруту, коли спіймав себе на тому, що поглядає на годинник: час якраз наближався до обіду. Вірніше — до обідньої перерви в одному із салонів краси.

Думка про Алекс тужливою хвилею сколихнула на серці смуток. Який сенс поспішати в кафе «Релакс», якщо його місце за столиком знову буде зайняте цим неприємним типом з нахабною посмішкою і зарозумілим поглядом? Дівчина, яку він вважав уже майже «своєю», дала зрозуміти, що все зовсім не так... А може, та зустріч була лише безглуздою випадковістю?

Уява жваво намалювала картину: він заходить у кафе і знову бачить там Алекс, яка усміхається зовсім іншому молодому чоловіку... І одразу послужливо домалювала продовження: як він, Олівер, спокійно підходить, вітається з дівчиною і пропонує її супутнику вийти на пару хвилин. А щойно вийшовши з ним на вулицю, «підправляє» цьому типу його лискучу фізіономію... Звісно, Алекс буде в шоці, але дівчатам іноді подобається така собі «брутальна сила»! Він міг би... Але чи оцінить делікатна дівчина такий вчинок? Які докази того, що він для неї — хоч трохи більше, ніж просто знайомий? І що вона готова буде пробачити йому таку витівку...

Зітхнувши, Олівер звернув на перехресті у протилежний від центру бік. Який зиск мріяти, якщо від цього стає тільки гірше? І експедитор поїхав далі: робота є робота...

# ГЛАВА 32

— Ну нічого собі! Олівер Сміт з'явився вчасно і навіть нічого не наплутав!

Єва зверхньо подивилася на нетямущого працівника, приймаючи заповнені бланки виконаних замовлень, проте здивовано застигла, зустрівшись із прямим холодним поглядом експедитора.

— Саме так, — сухо відповів хлопець, вже прямуючи до дверей. — Гарного вечора...

— І тобі...

Вона задумливо почухала голову кінчиком олівця і за звичкою хотіла додати щось уїдливе, але чомусь передумала.

Іншим разом він би зрадів такому вдалому закінченню робочого дня, але сьогодні його думки весь час поверталися до дверей «Релаксу», які так і не наважився відкрити... А раптом... А якщо справді Алекс чекала його там? Саме ЙОГО! А він не прийшов...

— Добрий вечір! Говорить будильник. На восьму годину у вас сьогодні запланований подвиг. Прохання — не спізнюватися! — пролунав тонкий дитячий голосок із радіоприймача.

Від несподіванки хлопець різко повів кермо і мало не заїхав на узбіччя. Позаду миттєво пролунав безладний обурений хор кількох клаксонів.

— З тобою все гаразд? Чи терміново їдемо за підгузками? — цей голос уже був явно драконівським.

— Хай тобі грець! — обурився Олівер. — Цілісінький день мовчав, а тепер раптом вирішив крякнути недоречно, так?

— І тобі привіт, — незворушно відповіло радіо звичайним басом дракона. — Ну як, ти не передумав щодо нашої вчорашньої розмови?

— Це ти про супергероїв? — втомлено усміхнувся Олівер. — Чи черговий жарт?

— Якраз зараз не до жартів. Я все перевірив: справи ще гірші, ніж здавалося спочатку, — вони майже виготовили свою бомбу. Я, правда, трохи втрутився... Але це не зупинить їх надовго, тож часу обмаль. А ще треба тебе всьому навчити...

— Може, я і так згоджусь?

Оліверу всі ці розповіді здавалися надто неймовірними. Навіть незважаючи на те, що сам він у даний момент розмовляв зі своїм пікапом.

— Згодишся... для свого передсмертного фото. Селфі на тлі апокаліпсису — так, здається, у вас модно називати кінець світу.

— Гаразд, я згоден, — зітхнув юнак. — Що треба робити?

— Для початку запроси своїх нових приятелів покататися з нами. Думаю, вони зможуть нам допомогти.

— Старий і дівчина? Навіщо вони нам?

— Вони не такі прості, як здаються, — таємниче простягнув дракон. — Тому довірся мені! І взагалі... хто тут командує, я чи ти?

— Слухаю і підкоряюся, босе, — в тон йому відповів хлопець. — І куди мені їх запросити?

— Та хоча б на ту галявину, де ми були вчора.

— Знову в ліс? Я за минулі років десять не бував на природі стільки, скільки за цей тиждень.

— Тоді поїхали на центральну площу, — легко погодився Чорний дракон. — Думаю, жоден з жителів твого міста не відмовиться подивитися на мене. Особливо — журналісти. А за ними і військові підтягнуться.

— Та зрозумів я, зрозумів... — відмахнувся юнак. — Міг би так одразу і сказати.

— А ти вуха давно мив? Я саме так і сказав.

Незлобиво лаючись, вони незабаром опинилися біля будинку Олівера.

Піднімаючись сходами, молодий чоловік готувався до майбутньої розмови: треба ж якось переконати цих двох, що їм варто знову відправитися в огидну комарину гущавину.

Хоча — яка може бути користь від цієї парочки? Що дракон мав на увазі, кажучи «вони не такі прості, як здаються»?.. А раптом цей космічний тип передумав, обравши для важливої місії когось із них? Олівер відчув укол ревнощів. Але все ж таки не виконати прохання прибульця він не може: дав слово — тримай... Значить, доведеться умовляти!

Більш-менш переконлива промова була складена, але щойно він підійшов до власного житла, як з відкритих дверей квартири долетів сміх — це був Томас! Місце дислокації — кухня, і він явно не один... А ще звідти ж долітав приголомшливий аромат свіжих булочок з корицею.

Рушивши на запах, Олівер став свідком ідилічної картини: монах, блондинка і сусід пили чай, а посеред столу красувалося вже наполовину порожнє блюдо з рум'яними булочками.

— Привіт! Бачу, ви тут вже познайомилися, — господар квартири покосився на Томаса, але той навіть не помітив цього: вся його увага була прикута до Олівії, яка доїдала булочку.

— Угу, і тобі привіт, — відповіла вона, не обертаючись. — У тебе класний сусід! Я навіть не підозрювала, що таке можна приготувати вдома.

Ледве прожувавши ласощі, Олівія потягнулася за добавкою. А Том засяяв від компліменту.

— Здрастуйте, юначе, — ввічливо схилив голову Ардан. — Хочу висловити вам подяку за вашу гостинність. І якщо ми зможемо якось вам віддячити...

— Думаю, зможете! Але про це нехай ВІН вам розповість...

— О, так дракон нас чекає? — відразу ж переключилася на іншу хвилю Олівія і підхопилася з-за столу.

— Так, і я вас до нього відвезу. Тільки одну булочку...

Гості кваpливо почали збиратися, а голодний посланець дракона накинувся на частування. Якщо вже сусід більше на нього не сердиться...

— А мені можна з вами? — пролунав раптом позаду невпевнений голос, і Олівер застиг з булочкою в роті.

Його друг дивився такими нещасними очима...

— Е-е-ех! Поїхали, чому б і ні?

Настрій Олівера стрімко поліпшувався. Чи добра вечеря до того спричинилася, чи посприяло передчуття близької пригоди, хтозна...

— Якщо ми дійсно повинні стати командою, то нам знадобиться провізор.

Том не змусив себе довго просити: зазвичай повільний, тепер він зібрався миттєво і рівно через хвилину стояв біля дверей у кросівках та куртці.

Дракон ніяк не відреагував на незваного учасника заміської прогулянки, та й як він міг це зробити в образі чорного пікапа? Про те, що машина «непроста», поки знав тільки Олівер. Решта ж чекали швидкої появи інопланетного ящера і, як могли, намагалися підготувати новачка до цієї події. Для Томаса будь-які туманні натяки виглядали частиною якоїсь забавної гри... Він не зводив очей з Олівії, не приховуючи свого захоплення дівчиною, все інше його нітрохи не хвилювало.

І тільки коли, залишивши автомобіль на дорозі, вони попрямували до лісової галявини, хлопець запідозрив недобре.

— Ми тут будемо когось чекати? — здивовано запитав він, озираючись. — Ви впевнені, що це тут? Щось поки нікого не видно...

— Не хвилюйся, зараз усе побачиш, — весело відгукнувся Олівер, передчуваючи кумедний результат.

Дракон уже чекав компанію на галявині, невідомо як опинившись там раніше від усіх. Але, на відміну від інших, Томас не уявляв, що, точніше — кого, він може там зустріти. І тому, завмерши на місці, з хвилину лише тупо дивився на важку драконівську голову. Примруживши бурштинові очі, чудовисько розглядало землян з висоти кількох метрів. На галявині запала тиша: ніхто не хотів «зіпсувати» грандіозності моменту.

— Це... Це що — дракон? — якимось безбарвним голосом видихнув Том, заворожено дивлячись на космічного ящера.

— По-перше — не «що», а «хто»... — рикнула рептилія. — А по-друге — хто ж іще? Хіба я схожий на зайчика або білку?

Бідний Томас ледь помітно хитнувся... і впав прямо на землю, як зрубане дерево.

— Ох, які ми ніжні... — пробурчав ящір, зменшуючись у розмірах.

— Дуже смішно — так лякати людину! — раптом зі злістю вигукнула Олівія і кинулася до нерухомого Тома.

Але зробила це не для того, щоб метушитися і голосити: піднявши бідоласі голову, вона дала йому два не по-жіночому потужні ляпаси.

Бойова тактика подіяла: Том швидко прийшов до тями. І перший, кого він відшукав очима, був, звичайно ж, дракон.

— Ви теж це бачите, так? — блідими губами прошепотів вразливий друг Олівера.

— А за «це» можна і по лобі відгребти, — прогарчав ящір. — У мене, між іншим, ім'я є.

Тепер уже до дракона повернулися всі учасники невеликої компанії, разом з Олівером. На свій сором, він тільки зараз зрозумів, що досі не спромігся запитати ім'я у того, хто прилетів їх рятувати.

— І як же тебе звуть? — поцікавилася Олівія.

— Крейййіххсcеттум, — майже урочисто вимовив дракон.

— Крейййііхх... — почала було Олівія, але одразу збилася. — А може, є якийсь варіант простіше? Для нас, для людей?

— Я забув, що у вас, у людей, обмежені можливості, — після цих слів космічного ящера Олівія пошкодувала про своє запитання. — Ви можете називати мене Крейхом... А зараз, якщо більше ніхто не збирається непритомніти, я б хотів продовжити нашу вчорашню розмову.

— Будь ласка, продовжуйте, шановний драконе, — пробелькотів Ардан.

Він досі боявся, що після вчорашнього прочухана космічний гість не захоче його знову бачити, але, на превелике полегшення, той все ж змінив гнів на милість.

— Як я вже казав, вашому світу загрожує небезпека. Жменька людей, які мають владу і необхідні знання, зараз за крок від того, щоб почати небачене досі знищення собі подібних. Вони хочуть «очистити планету» від занадто великої кількості представників вашої раси, випустивши на волю смертельний вірус. Вони вирішили, що мають право вибирати — кому жити далі, а хто повинен зникнути. При цьому впевнені, що зможуть контролювати вірус. Та вірус так не думає. Якщо хочете знати, навіть найдрібніші форми життя теж мають свідомість. Опинившись на волі, вірус почне жити власним життям — і здійснить глобальну зачистку. Не залишиться нікого.

— А… як близько вони до… втілення свого задуму? — обережно запитав Олівер.

Те, про що говорив дракон, виглядало фантастично, проте сумніватися в його словах не було підстав.

— Вони майже створили свою бомбу. День, два, від сили — п'ять, за умови, що мої друзі зможуть затримати їх. Так чи інакше — вам усім доведеться втрутитися. Звичайно, якщо хочете жити далі. А якщо ні — тоді у вас буде лише одна можливість: наостанок ненадовго відчути радощі життя… І заодно попрощатися з ним, — додав Крейх.

— Але що ж ми в змозі зробити?! Адже за всім цим стоять такі могутні люди! — розвів руками Ардан.

— У будь-якому разі можете хоча б спробувати. Або — померти гідно, а не як частина покірного стада, яке ведуть на забій. Якщо ви з нами — тоді ласкаво просимо на наш пліт посеред океану з акулами.

— А... «з нами» — це з ким? — обережно запитала Олівія.

Особливого страху перед Крейхом вона вже не відчувала, та й викликати його невдоволення не прагнула.

— Зі мною і Олівером, — пояснив дракон, не дивлячись на свого «протеже», так спокійно, наче між ними давно вже було все вирішено і обговорено тисячу разів.

Олівер відкрив рот від подиву, але поспішив скоріше закрити його: бути обранцем космічної сили, нехай навіть і такої хвостатої, страшенно приємно.

— Цей юнак володіє деякими потрібними здібностями, але все ж таки підучити його не завадило б. У чомусь я зможу допомогти, але в силу анатомічних особливостей передавати йому знання з бойових мистецтв мені буде важко.

Дракон примружив очі, дивлячись на Олівера так, наче примірявся для спарингу. Від такого погляду по спині хлопця пробіг легкий холодок.

— Може, хтось із вас візьметься за цю справу?

Крейх уважно на всіх подивився: Том при цьому мимоволі втягнув голову в плечі, як черепаха в панцир.

— Шановний драконе, — трохи схилив голову у ввічливому поклоні монах, — я вам вірю і готовий допомогти в благородній справі порятунку світу. Але навчати цього юнака бойовим мистецтвам... — Він трохи зам'явся, підбираючи слова, однак під пильним поглядом бурштинових очей прибульця зітхнув і закінчив свою думку: — Живучи в монастирі, я більше практикувався в медитації і молитві, ніж в інших дисциплінах... Боюся, мої вміння занадто скромні, щоб ділитися ними.

— Гаразд, — кивнув головою дракон. — А що скажуть інші?

— Взагалі, я могла б трохи повчити його... — після паузи вимовила Олівія.

Крім дракона, на мініатюрну блондинку подивилися уважно відразу троє чоловіків: один — із сумнівом, другий — з легким подивом, а третій — явно із захопленням. Але дівчина анітрохи не зніяковіла.

— Отже, я з вами. Якось образливо врізати дуба від якогось дурного вірусу. І взагалі — терпіти не можу, коли за мене хоч щось вирішують. Не кажучи вже про те, жити мені чи ні...

— Згода, — кивнув дракон.

На відміну від інших, пропозиція дівчини анітрохи не здивувала його.

— Вибачте... Вибачте, я... — бідний Том нарешті подав голос. — Не знаю, чим би я міг допомогти в такій важливій справі... Але я теж вважаю, що це несправедливо — позбавляти людей шансу на майбутнє. І ми... Загалом — я з вами!

— От і добре, — кивнув Крейх. — Думаю, будь-яка допомога зайвою ніколи не буде. І сподіваюся, не потрібно просити вас тримати язика за зубами...

— Краще попроси не описувати цю новину в соцмережах, — пробурмотів Олівер, намагаючись перетравити отриману інформацію.

Чим далі, тим вона здавалася все більш реальною. І все ж він ніяк не міг позбутися відчуття абсурдності того, що відбувається: він, Олівер Сміт, експедитор фірми «Сіті груп», раптом став обранцем інопланетної істоти, і тепер йому доведеться робити щось, про що він не має найменшого уявлення. Юнак просто не знав, як на все це реагувати.

— Дуже добре, ось із завтрашнього дня і почнемо, — поставив крапку Крейх. — А зараз у мене є деякі свої справи. Зв'язок з усіма я буду тримати через Олівера, — додав він, поступово розчиняючись у повітрі.

Щойно був дракон — і немає його, лише обсипалися вниз соснові голки з гілок.

Усі переглянулись.

— Я... точно не один це бачив і чув, правда? — запитав Том з надією в голосі. Але ось з якою саме: чи на те, що величезний міфологічний монстр, що пророкує швидкий кінець світу, виявиться галюцинацією, чи, навпаки, реальністю чистої води, — залишалося неясним.

— Правда, — буркнула Олівія, машинально змахуючи з кучерявої шевелюри Тома застрягле в ній сухе листя.

Бідолаха навіть заплющив очі, боячись вдихнути зайвий раз, щоб несподіване щастя не випарувалося. Але Олівія, схоже, повністю занурилася у свої думки.

— Добре, — давши Тому спокій, дівчина повернулася до Олівера, — якщо вже я пообіцяла... Завтра почнемо шукати відповідний спортзал.

— Гаразд, — легко погодився хлопець. — Тоді у мене зустрічна пропозиція: може, вам з Арданом варто поки переїхати до мене? Місця вистачає, і так буде набагато зручніше...

— А якщо стане тісно, то хтось міг би пожити і в мене! — гаряче підтримав сусіда Том. — Наприклад, Олівія... У моїй квартирі знайдеться окрема кімната! — відразу ж додав він.

Однак блондинка залишила його пропозицію без уваги.

— Так, це було б непогано... — неуважно кивнула вона Оліверу.

— Тоді їдемо за речами, — поставив крапку пікапер, і вся компанія рушила до автомобіля слідом за ним, тим самим визнаючи за хлопцем право вирішувати.

Здається, саме це було найбільш дивним у всій ситуації, що склалася. Олівер — волею долі чи дракона — раптом опинився на позиції лідера! Відчуття незвичні й хвилюючі, проте дуже приємні.

А несподівано принишклий ліс навколо перестав бути чужим і ворожим. Тепер це був союзник — у неймовірних зустрічах істоти з іншого світу із жителями Землі.

# ГЛАВА 33

Під'їхавши до хостелу, Олівер залишився чекати, поки його нові знайомі заберуть свої нехитрі пожитки. Том зголосився збігати в найближчий супермаркет, щоб купити трохи провізії.

Нічліжка розташовувалася на одній з маленьких вуличок біля центру міста, і тут особливо яскраво світили вуличні ліхтарі та різнокольоровими вогнями переливалися неонові вивіски реклам. З невеликих кав'ярень, заповнених відпочивальниками, попри пізній час, долинали звуки легкої музики. Взад-уперед снували машини, і закохані парочки прогулювалися, милуючись неоновою красою вечірнього Мідлтауна.

Олівер, спостерігаючи за ними, раптом зловив себе на тривожних думках.

«Невже в чиїйсь хворій голові дійсно живе план знищити все це?» — подумав він. І фантазія одразу послужливо намалювала порожні вулиці, по похмурих дорогах яких холодний вітер несе залишки сміття. Покинуті автомобілі з відкритими дверцятами, відчинені вікна, і тиша — моторошна, неприродна, коли навколо немає не тільки людей, а взагалі нікого живого...

Він відчув, як по спині пробігли мурашки. Невже таке може трапитися?

«Може», — пролунав голос дракона у нього в голові.

— Ти що, тепер і думки мої читаєш?! — вигукнув Олівер.

Від несподіванки він вимовив ці слова вголос.

«Теж мені, захопливе чтиво, — пирхнув Чорний дракон, повертаючись до своєї звичайної грубувато-глузливої манери спілкування. — Було б що читати!»

«І все ж?» — наполягав хлопець.

Думка про те, що хтось читає його, як розкриту книжку, не здавалася Оліверу забавною. При цьому він навіть не помітив, що й сам почав спілкуватися з драконом без слів.

«Так вже вийшло, що ми з тобою пов'язані, тому можемо телепатично підтримувати контакт. До речі, „читати думки" — неправильне формулювання. Швидше — „зчитувати вібрації, з яких думки формуються у слова"... Правда, всі твої думки і так написані у тебе на фізіономії, тож нічого нового я не дізнаюся. Немає приводу для переживання...»

«Утішив, — зітхнув юнак. — Але зажди! Це означає, що і я можу читати твої думки?»

«Щось на кшталт цього, — ухильно відповів Крейх. — Однак для цього треба ще потренуватися!»

Олівер уже збирався поставити чергове уявне запитання — як раптом його ніби обпекло жаром полум'я: з-за рогу будинку з'явилася знайома витончена фігурка. Тільки цього разу чорне волосся не було стягнуте у високий хвіст, а вільно спадало по спині шовковистим водоспадом.

— Алекс?!

— Олівер?!

Вони сказали це одночасно, з подивом розглядаючи один одного — ніби зустрілися вперше. Алекс — у джинсах, кросівках і короткій курточці — виглядала ще більш привабливо, ніж в строгому офісному вбранні. Вона йшла одна.

— А ти...

— Живу неподалік, — усміхнулася дівчина, підходячи ближче.

— А я... чекаю на своїх знайомих — обіцяв їх підкинути.

— Ти виглядаєш якось по-іншому, — раптом промовила Алекс, зніяковівши від своїх слів. — Як твої справи? Тебе не видно останнім часом.

— Олівере, відкрий багажник! — почувся гучний голос Олівії, і «солодка парочка», навантажена рюкзаками, рушила до автомобіля.

Юнак квапливо підійшов до блондинки, щоб підхопити рюкзак, — дівчина все ще трохи кульгала. Несподівано Олівія, весело блиснувши очима, сперлася рукою на його плече, хоча до цього вперто ігнорувала допомогу. Злегка розгублений, Олівер не зміг, звісно ж, скинути її руку — і так, напівобіймаючи, провів до машини, де дівчина відразу ж сіла на сидіння поруч із водієм.

Алекс, яка спостерігала за цією сценою, як і раніше, усміхалася Оліверу — ніби нічого не сталося. Але сам хлопець мало не сичав від злості: дурна блондинка! Знайшла час прикидатися слабкою! Тепер Алекс невідомо що про нього подумає...

— Ви, здається, поспішаєте, — відкинувши з чола пасмо волосся, спокійно вимовила вона. — Гарного вам вечора!

— І тобі гарного... — пробурмотів Олівер, спостерігаючи, як дівчина повертається, щоб піти. І раптом кинувся навздогін: — Вип'ємо завтра кави? У «Релаксі», — видихнув він, сам злякавшись власної сміливості.

Алекс, здається, здивувалася не менше: вона дивилася на нього якось дуже уважно, зі щирим інтересом.

— У тебе на завтра є замовлення для нашого салону?

— Я ще не знаю, — чесно зізнався він. — Але це не має значення — для гарної кави завжди знайдеться час. І... для гарної компанії.

— О'кей, я не проти, — усміхнулася Алекс, і в Олівера немов гора з плечей звалилася.

Здається, щойно він призначив дівчині побачення — нехай це зовсім ненадовго, всього лишень чашка кави в обідню перерву, але... Але Алекс погодилася!

— Тоді до завтра!

Повернувшись, дівчина пішла геть, а щасливий юнак все ще стояв на місці, дурнувато усміхаючись.

— Гей, ти часом не заснув?

Тільки зараз Олівер помітив поруч Томаса з пакетами в руках.

— О, ти вже? Тоді поїхали, — кивнув пікапер і рушив до машини.

«Вітаю, — пролунав у голові голос з явною домішкою уїдливості. Ну звичайно, це був Крейх. — Здається, ти щойно придушив один зі своїх страхів. Хоча до того цей страх ледь не придушив тебе...»

«Невже обов'язково все коментувати?!» — обурено парирував Олівер, плюхнувшись на водійське місце.

«Обов'язково, — спокійно відповів голос дракона. — Не забувай — зараз ти проходиш курс навчання. І вчитель для тебе — я! Тому оцінюватиму кожен твій крок...»

«Крейху! Здається, я розмовляю з тобою... подумки?»

«Вражаюча спостережливість! Ти тільки тепер це помітив?..»

Автомобіль вже кілька хвилин мчав по вулицях міста, а Олівер все ще не міг повірити: він, який ніколи не вирізнявся особливими талантами, раптом ось так запросто спілкується за допомогою думок!

«Для мене це щось абсолютно неймовірне, — нарешті вимовив, а вірніше, подумав хлопець. — Це приблизно те саме, що навчитися дихати під водою...»

«Буває, — пом'якшав дракон. — Але ж тут немає нічого незвичайного — просто люди розучилися це робити».

«Читати чужі думки?»

«Налаштовуватися на хвилю один одного, щоб відчувати емоції з вібраціями. Уяви, скільки проблем відпало б, якби люди навчилися хоча б відрізняти брехню від правди...»

«Тоді більша половина всього людства просто не змогла б провадити свої справи, — посміхнувся Олівер, — а держави — функціонувати».

«Та вже забрехалися ви всі тут, ще й як», — пробурчав дракон.

«А чи зможу я з тобою спілкуватися таким чином, якщо ти будеш далеко?»

«Кілометри не мають значення, адже для думки їх немає. Я зможу почути тебе навіть з іншого кінця Всесвіту, коли ти досить потужно зумієш мене покликати».

«Це означає, що і мої думки ти в будь-який час можеш читати з будь-якого кінця Всесвіту?» — Олівер трохи напружився.

«Яка цінність! — передражнив його дракон, але потім, зітхнувши, пообіцяв: — Добре, якщо це тебе так хвилює, обіцяю, що не читатиму твої думки без спеціального дозволу. Тільки тоді, коли ти сам покличеш мене».

«Правда?» — в голосі юнака відчувався сумнів.

«Я ще не настільки прижився тут, щоб брехати так само, як ви... Тож так, правда! Даю чесне слово Чорного дракона!» — урочисто додав ящір, і його співрозмовника це цілком задовольнило. Незважаючи на всю «шкідливість характеру», космічний прибулець, здається, дорожив своїм словом і честю.

«А якщо...» — почав було Олівер, але дракон перебив його:

«Досить балачок! Виганяй своїх гостей — без тебе розберуться, а у нас є ще одна справа».

Тільки зараз Олівер з подивом помітив, що майже під'їжджає до свого будинку. Як таке могло бути? Навіть за умови нормального руху, без міських пробок, шлях до будинку від центру Мідлтауна тривав близько двадцяти хвилин. А стільки тривати їхня розмова просто не могла! Невже з часом теж відбувається щось дивне?

«Та що там час! Увесь світ перевертається з ніг на голову», — подумав він і покосився на автоприймач, чекаючи чергової репліки дракона. Але її не було — Крейх дійсно тримав своє слово.

— У мене залишилася ще одна справа, — якомога спокійніше вимовив Олівер, паркуючись біля тротуару. — Тож влаштовуйтеся поки, а я скоро повернуся.

— Поїдеш миритися зі своєю дівчиною? — хитро блиснула очима Олівія. — Здається, вона приревнувала тебе...

— Алекс — дуже розумна і не стане... — почав було він, але одразу осікся. — І ніяка вона мені не дівчина. Просто... знайома.

— Колега? — з абсолютно невинним виглядом запитала блондинка.

— Ні, швидше клієнтка... Вона працює в салоні, куди я вожу косметику. Возив...

— А, ну зрозуміло... — Олівія вже вибралася з машини і простягнула свій рюкзак Тому.

— Томе, ти за старшого! — махнув рукою Олівер, повертаючись за кермо.

— Не турбуйся, я про все подбаю! — відрапортував Том, а потім зник за дверима.

— Не сумніваюся, — услід сказав йому Олівер.

Знаючи Томаса не перший рік, він ще ніколи не бачив його таким натхненним. І головне, через кого! Через нахабнувату і капосну дівчину — з нею бережи вуха, щоб не вкусила муха! А він розтанув, як морозиво під сонечком, варто було їй пару разів усміхнутися йому...

— Ну, і яка у нас справа? — звернувся Олівер уже вголос до свого автомобіля.

Випадковий перехожий з подивом покосився на дивакуватого водія — і швидше пішов геть. Хлопцеві залишалося лише розсміятися: здається, за ці кілька днів він настільки звик до всіляких чудес, що бесіда з пікапом зовсім не напружувала його і виглядала цілком природно.

— Куди ми зараз?

Вологий після недавнього дощу асфальт у світлі вуличних ліхтарів переливався кольоровими бризками. Час наближався до півночі, і вулиці міста помітно спорожніли. Пікап їхав у бік околиці — Олівер, залишаючись на місці водія, комфортно почувався пасажиром.

— По-моєму, у тебе не все гаразд зі швидкістю ухвалення рішень, — туманно пояснив дракон, — тобто з реакцією. Саме це будемо виправляти.

— А кращого часу ти вибрати не міг? Уже майже дванадцята...

— Так-так! Вуличні гонки починаються саме зараз, — весело повідомив Крейх, проте Олівер такому повороту зовсім не зрадів.

— Вуличні гонки? Але вони ж заборонені...

— Звичайно, заборонені! — фиркнуло радіо. — І що з цього? Невже чекатимемо, поки дозволять?

— Але навіщо нам гонки? Я і так чудово воджу машину.

— Тоді тобі нема чого переживати. Просто виграй, — єхидно відповів дракон, гальмуючи поруч з вивіскою придорожнього кафе «Роуд лайф».

Саме звідси стартували учасники нічних заїздів. Оліверу доводилося чути про них, але він ніколи не бачив цих шибайголів на власні очі. Тепер же поруч із кафе товпилося десятка зо два найрізноманітніших автомобілів, траплялися дуже навіть незвичайні моделі, явно навмисне пристосовані до подібних змагань. І звичайно ж, серед них не було жодного пікапа.

— Ей, хлопче, чого тобі? Забирайся геть з дороги!

Поруч намалювався високий худий тип, його довге, темне і явно давно не мите волосся було стягнуте гумкою у хвіст.

— Я... хочу взяти участь, — видихнув Олівер, стискаючись всередині.

У той момент він проклинав дракона за цю божевільну ідею і за те, що не дав хоч якось підготуватися. Але шансів на відступ не було, та й показати себе слабаком в очах космічного прибульця хотілося найменше.

Тип здивовано підняв брови, його довге, злегка кінське обличчя скривилося в посмішці, він хотів було ляпнути щось уїдливе, але, зустрівшись з похмурим поглядом Олівера, передумав.

— Ти впевнений? — тільки й запитав у новачка. — Старт через п'ять хвилин. Участь — сто баксів. Переможець отримує все.

— Зрозуміло, — кивнув водій пікапа і насупився ще більше.

В яку заморочку він вплутується? Якщо його зловить поліція, то штрафом у сто баксів тут не відбудешся.

— Тільки готівку, брате, — попередив худий і, поки Олівер спантеличено рився в гаманці, запитав уже м'якше: — Правила знаєш?

— Не дуже... Тобто не знаю, — зізнався пікапер, з полегшенням дістаючи з гаманця необхідну суму.

Добре ще, що гаманець вдома не залишив, а то б не уникнути йому ганьби.

— Стартують усі разом, потрібно об'їхати «Лакі стар» і першим повернутися назад.

— Тепер зрозуміло, — зітхнув Олівер.

Затія подобалася йому все менше: «Лакі стар» — невеликий артоб'єкт на «зеленому острівці» перехрестя — розташовувався практично в центрі Мідлтауна. Значить, шанси нарватися на поліцію і заробити за перевищення були дуже навіть високі. До того ж на цьому перехресті завжди багато машин.

— На старт! — заверещав високий дівочий голос, і одночасно з цим почувся пронизливий свист.

— На старт, учасники!

Автомобілі рушили до умовної межі — зебри пішохідного переходу. Не гаючи часу, Олівер під'їхав туди само.

# ГЛАВА 34

З прочинених вікон інших автомобілів чулися звуки музики. Багато водіїв віталися між собою, як старі приятелі, деякі беззлобно сварилися — створювалося враження, що більшість із них добре знайомі. І тільки він зі своїм пікапом здавався білою вороною в зграї. Вірніше, великою чорною вороною серед зграйки бистрокрилих легких пташок. Майже всі поглядали на важкий пікап із подивом. Деякі водії і роззяви, які зібралися, щоб подивитися на гонку, не приховували своїх насмішок.

— Ти б ще на танку прикотив, — посміхнувся величезний здоровань за кермом яскраво-червоного родстера.

Свій потужний торс він затягнув у шкіряний жилет, а руки були голими, передпліччя майже повністю покривали складні химерні татуювання.

— Але ж за правилами будь-які автомобілі можуть брати участь у гонці, — заперечив Олівер, хоч і не був у цьому впевнений.

Однак татуйований тип кивнув на знак згоди, не змінюючи своєї глумливо посмішки.

— Старт! — вигукнув високий жіночий голос, і ревіння двигунів поглинуло всі звуки.

Водій пікапа розгубився лише на частку секунди, а потім рвонув також. Маневр виявився не надто вдалим: машина сіпнулася, але одразу полетіла вперед, наздоганяючи інших. І відразу ж отримала відчутний удар у бік від позашляховика, який вискочив казна-звідки. Ледь не втративши управління, Олівер все ж зумів утримати свій автомобіль на дорозі. Попереду миготіли вогні фар учасників гонки. Юний пікапер натиснув на газ, але змушений був скинути швидкість, опинившись у небезпечній близькості від капота суперника, котрий виляв прямо перед ним. Чорний пікап явно відставав.

— Крейху! Ти не збираєшся мені допомогти? — не витримав хлопець.

Дракон мовчав, проте Олівер уже й сам зрозумів, якою буде відповідь. Космічний гість влаштував йому випробування — і поки що молодий чоловік безнадійно програвав.

— Ну що ж... — пробурчав він і міцніше стиснув кермо.

Колишня розгубленість швидко розсіювалася — її заміняла зростаюча агресія.

«Ти гадаєш, мені слабо? Ну, тримайся, каміне крилатий!» — подумав він, вдавлюючи у підлогу педаль газу.

Пікап не пручався: хоча стрілка швидкості влипла у крайню позначку спідометра, автомобіль продовжував прискорюватися — хоч у цьому дракон вирішив його підтримати.

Крайніх «з хвоста» учасників він нагнав досить швидко, акуратно протиснувся між ними і впевнено кинувся далі. Азарт гонки раптом накрив його з головою: кудись зникло хвилювання, невпевненість, злість на хитрого дракона. Залишилося лише ейфоричне відчуття швидкості, вогні фар і темне полотно дороги попереду. Серце калатало гучно і весело: тут-тук — ще двоє суперників залишилися позаду; тук-тук — машину трохи занесло на повороті, але він вирівняв біг пікапа і погнав далі. Один за іншим суперники залишалися позаду, і якось несподівано швидко Олівер опинився на вулиці міста, яка веде до «Лакі стар». Не зменшуючи швидкості, він мчав уперед.

Загальмувавши перед самісіньким вигином асфальтової петлі, машина боком хвацько влетіла в поворот і пройшла його, ковзаючи по блискучій від світла фар стрічці асфальту. Тепер Олівер був гранично зосереджений: попереду залишалося не так багато суперників. Пікап, який слухав його команди, проходив віражі міських доріг, немов був продовженням того, хто ним керував.

Час раптом здригнувся і змінив свою інтенсивність: все закрутилося в плавному, неквапливому танку — яскраве світло габаритних вогнів, ніби розмазане по повітрю, рух інших автомобілів, які немов «підвисли» і вирішили відпочити, завмерши на місці й ледь обертаючи колесами. Навіть звуки музики здавалися замерзлими і тремтіли, нанизані на мелодію, як на ниточку. Але здивування не було: емоції теж загальмувалися, і тільки думки, вже не одягнені в слова, працювали чітко та злагоджено. Тепер рухатися крізь натовп машин-черепах більше не становило жодних проблем: схоже, час сповільнився лише для суперників, а для чорного пікапа залишився незмінним. Не аналізуючи дивні речі, які відбувалися навколо, Олівер знову втиснув у підлогу педаль газу.

Тільки коли попереду пролунав захоплений свист і крики натовпу, що вітав переможця, він вийшов з трансу і прокинувся, здивовано кліпаючи очима.

— Ну, хлопчина! Оце так!

— Браво!

— Супер!

— Пікап рулить! Охо-хо! — лунало звідусіль.

Решта учасників, один за одним, теж перетинали фінішну лінію. Їх розділяло тільки кілька секунд, але це було вже неважливо — переможець завжди один.

Тип з кінським хвостом на потилиці, розштовхуючи зівак, що товпилися біля чорного пікапа, протиснувся до Олівера.

— Ну ти, брате, крутий! А ще — «правил не знаю»... Це було красиво! Особливо, коли ти перед фінішем раптом швидкість набрав... Що у тебе за двигун?

— Військова таємниця, — усміхнувся Олівер, беручи трохи тремтячою рукою стопку купюр і краєм ока відзначаючи заздрісні погляди інших водіїв.

— Красунчик! — чулося слідом, коли він, піднявши руку у вітальному жесті, плавно відчалив геть, залишаючи збуджений острівець гоночних змагань.

— Непогано, — відгукнувся приймач голосом Крейха. — Виявляється, можеш, якщо захочеш? Тебе треба тільки сильніше до стінки притиснути, щоб не було можливості втекти.

— Крейху, що це було? Ну, коли хвилини почали розтягуватися...

— Дізнаєшся свого часу, — пробурчав дракон. — Не поспішай... Дуй поки додому, відпочивай!

Приймач зашипів і вимкнувся, даючи зрозуміти, що розмову закінчено.

Сповнений суперечливих емоцій і думок, Олівер дійсно рушив додому, шкодуючи, що поділитися новими неймовірними відчуттями і досвідом йому нема з ким: адже, щоб зрозуміти, як це насправді, потрібно самому пережити подібне...

# ГЛАВА 35

Цього разу Олівії не довелося лукавити, щоб приховати свої помилки: саме вони, несподівано зібравшись струнким ланцюжком, привели її до потрібної позиції. Але подробиці її власних пригод шефу знати зовсім необов'язково: все, що його зараз цікавить, — дракон. Тому, вийшовши на зв'язок в домовлений час, дівчина дуже обережно почала свій звіт про космічного прибульця. «Обережно» — щоб шеф не вважав її божевільною після всього почутого.

Однак ці побоювання виявилися зайвими: містер Блек так захопився її розповіддю, що кілька разів просив не поспішати і пригадати всі деталі. Не менше дракона шефа зацікавив Олівер, адже якщо його вибрав для якоїсь своєї місії сам прибулець — значить, було в цьому хлопцеві щось особливе. Голова не вірив у випадковості.

— Зв'яжешся з Медом і скажеш йому все, що знаєш про цього типа. Нехай фахівці зберуть про нього якомога більше інформації, — розпорядився містер Блек. — І не тільки про нього, а також про його рідних і близьких — загалом про всіх, через кого можна до нього підібратися.

— Прийнято, шефе, — відповіла дівчина. — Правда, на перший погляд, по-справжньому близьких людей поруч з ним немає. З родичами, схоже, він не дуже часто спілкується, і найближче до нього — його сусід Томас. Мені вдалося здобути довіру обох хлопців, — не без гордості додала вона. — Вони навіть взяли мене у свою команду.

— Розумниця, — похвалив Олівію шеф, у тоні якого чулося, що він перебуває у чудовому настрої. — Іншого я від тебе і не очікував. Продовжуй грати свою роль і постарайся вивудити якомога більше інформації.

У трубці почувся довгий і настирливий гудок ще одного дзвінка. Голова, хмикнувши, попросив почекати хвилину.

— Так, докторе, — почула Олівія трохи роздратований голос шефа, той розмовляв з кимось по другій лінії. — Здається, я дозволив вам дзвонити за цим номером лише в крайньому разі!.. Як білки?! Які такі білки навколо лабораторії, чорт вас всіх забирай?! — вибухнув раптом він. — Скільки?! Знищити! Негайно! «Грінпіс»? Ідіоти!..

— Олівіє, дій за планом, — звернувся він уже до дівчини і натиснув кнопку відбою.

«Ви там усі збожеволіли?!» — встигла почути вона перед тим, як зв'язок перервався, і навіть трохи поспівчувала невидимому доктору, який був змушений повідомляти шефу погані вісті. До чого це могло призвести, дівчина знала не з чуток...

Однак сама вона виконала свою роботу відмінно, і хвилюватися їй не було про що. Все складалося якнайкраще — адже і Олівер, і його друг Том вважали її своєю. Навіть цей прискіпливий монах, здається, нічого не запідозрив.

Не гаючи часу, вона зв'язалася з Медом та виклала йому все, що змогла дізнатися про довірену особу інопланетного ящера. Вже закінчуючи свій звіт, додала:

— Здається, у нього є дівчина. Звуть її Алекс, брюнетка, працює в салоні краси у будівлі «Соло», що на площі Арбор.

— Прийнято, — буркнув Мед на тому кінці дроту.

Схоже, він був не дуже задоволений тим, що центральна роль у важливій, ймовірно, справі дісталася не йому, а субтильній блондинці, але відкрито своє невдоволення Мед проявляти не став.

— Тоді до зв'язку, — поставила крапку Олівія і врешті видихнула з полегшенням.

Нудна й мутна справа несподівано перетворилося на захопливу пригоду, і тепер вона сама не знала, чого чекати далі. Лише одне не підлягало сумніву: можна сміливо розраховувати на хороший гонорар до відпустки після успішного для неї (і для шефа, зрозуміло) фіналу цієї справи.

У піднесеному настрої дівчина поспішила назад до квартири Олівера — не варто давати комусь приводу для зайвих підозр.

# ГЛАВА 36

Мобільний запілікав, коли Олівер після обіду повертався до робочих обов'язків.

— Я знайшла потрібний спортзал! — енергійно повідомила Олівія. — І навіть встигла переговорити з господарем: він не проти, якщо ми за невелику плату будемо тренуватися у нічний час. Можемо хоч до ранку!

— А чому вночі? — без особливого ентузіазму запитав Олівер.

Він якраз від'їжджав від будівлі «Соло» після зустрічі з Алекс, і тепер його думки блукали аж ніяк не по доріжках спортивних звершень.

— Ну, можна, звичайно, і вдень — всім буде цікаво познайомитися з твоїм космічним другом, — хмикнула дівчина.

— А, ну так... — неуважно погодився він. — Ти маєш рацію... Гаразд, тоді до вечора, у мене справи.

— А тобі не здається, що потрібно було б зосередитися на чомусь одному? — уїдливо промовила Олівія. — Твоя робота в порівнянні з тим, що нам всім загрожує, — просто дрібниця.

— Я про це подумаю, — відмахнувся Олівер і натиснув «відбій». — «Дрібниця»... — пробурчав він. — Цікаво, а на що мені жити?

...Із самого ранку дракон ніяк не реагував на спроби Олівера поговорити з ним. Здається, чорний пікап знову став просто автомобілем. І коли хлопець повернувся у звичайне русло повсякденного життя, останні приголомшливі події поступово стали втрачати свою правдивість і життєвість, перетворюючись швидше на дуже реалістичний сон. Алекс, її усмішка, чарівне тепло карих очей, ніжна долоня, яку він досі відчував у своїй руці, — саме це було реальним і сьогоденням. Дивна ж компанія, що тусувалася зараз у його квартирі, тепер виглядала суцільним непорозумінням.

Алекс була дуже мила з ним. Вона більше не з'являлася в кафе в супроводі свого колеги, який здався Оліверу таким неприємним. Ось і сьогодні прийшла одна, і вони знову влаштувалися разом за маленьким столиком, де попивали запашну каву. Вони знову говорили — начебто ні про що і водночас про все на світі. Час пролетів, немов кілька хвилин. Перед тим як втекти, вона ніби ненароком запитала про вчорашню блондинку в його машині — хто ця дівчина? Олівер начистоту відповів: це тільки знайома, якій він допомагав перевозити речі. Однак його слова, схоже, не розвіяли сумнівів Алекс. І це несподівано лестило хлопцеві — бур'яни ревнощів, як відомо, на порожньому місці не ростуть.

Поспілкуватися з пікапом так і не вдалося — дракон вперто не відповідав. І, зразково здавши звіт про виконану роботу (чим удостоївся ще більш задумливого погляду Єви), Олівер у піднесеному настрої поїхав додому. Правда, щойно переступивши поріг квартири, він відразу ж засумнівався — чи не помилився дверима? Звуки дивної музики, більше схожої на завивання, звучали з плеєра, а на килимі у вітальні серед розкиданих подушок і повного безладу нерухомо застигли три «лотоси».

— О, друже Олівере, привіт! — першим отямився Том і кивнув йому на подушку поруч. — Приєднуйся, Ардан якраз дає урок медитації. У мене навіть почало виходити!

— Угу, коли я силоміць скрутила тебе в позу лотоса, — крізь зуби буркнула Олівія, не відкриваючи очей.

— Правда, не впевнений, що зможу сам піднятися... — додав Том, обережно звільняючи ноги.

— Ох вже ці чоловіки... — видихнула дівчина, легко встала сама і, схопивши Тома за комір, одним ривком підняла ботаніка у вертикальне положення.

— Ну що, з'їж що-небудь — тільки не дуже старайся, щоб не довелося потім розлучитися з вечерею, і пішли робити свою справу! — діловито заявила вона.

Олівер у відповідь покривив носом.

— Може, спочатку не завадило б тут прибрати? — він невизначено махнув рукою на кімнату.

— Облиш! Начебто до нас тут було чистіше, — скорчила гримасу у відповідь Олівія.

— Однаково прибирання не завадило б, — наполегливо повторив господар квартири.

Сам не знаючи чому, він відчув, як наростає злість. Що йому зараз хотілося по-справжньому — це залізти в інтернет, пригадати прослухані лекції на тему пікапа (здається, нарешті вони зможуть стати йому в пригоді!). Йому зовсім не подобалася перспектива змінити звичний відпочинок після робочого дня на тренування в спортзалі.

— Я тобі не прибиральниця! А якщо ми заважаємо, то не було потреби нас запрошувати, — відрізала не дуже вже люб'язна блондинка і, гордо піднявши ніс, пошкандибала на кухню.

За нею слідом пішов Том, встигнувши лише винувато потиснути плечима — мовляв, жінки, вони такі.

Ардан розплющив одне око, моргнув їм і закрив знову, не змінюючи пози для медитації і одночасно даючи зрозуміти, що все, що відбувається, його мало стосується.

— Он воно як! — прогарчав Олівер, повернувшись до вішалки, щоб повісити одяг.

Ця ситуація розлютила його ще більше. І несподівано для себе (швидше через вередливість) він дістав із тумбочки в кутку давно забутий пилосос і демонстративно почав прибирати.

Нещасні павуки, які за багато тижнів безбідного життя втратили пильність, тепер із жахом розбігалися від лютого звіра. Але крім них, здається, більше ніхто не звернув особливої уваги на гучний протест Олівера. Двоє одночасно висунули носи з кухні, переглянулися, знизали плечима, а потім просто закрили двері. Ардан так і не припинив медитувати — довелося пилососити навколо нього. Уже сам розуміючи, що даремно затіяв усе це, Олівер хотів було зупинитися, але тут гордість заграла в ньому, і він мужньо пройшов до кінця свій хрестовий похід з пилососом.

— Ну що, ми йдемо чи ти ще вікна витреш? — нахабно запитала Олівія, поки похмурий, як хмара, хлопець запихав чудо-техніку назад у тумбочку.

Пробурчавши щось незрозуміле, він рушив на кухню.

Правда, її стан його приємно здивував: ніякого брудного посуду, вазочка з печивом і сковорідка з омлетом на плиті. Не інакше як Томас постарався.

Швидко прожувавши шматок омлету і відсьорбнувши з чашки дбайливо приготований для нього чай, Олівер на ходу підхопив жменю печива з вазочки і повернувся до решти.

— Ходімо, — не особливо радісно зітхнув він і поплентався у передпокій.

— Гей, а переодягнутися у спортивну форму не хочеш? — зупинила його Олівія.

Юнак подивився на знахабнілу блондинку тепер з мало прихованим роздратуванням.

— Не хвилюйся, я і в джинсах зможу надавати тобі тумаків!

Він був явно у поганому настрої, до того ж втомлений після роботи, тому емоції не стримував.

— Ти мені?! — дівчина, теж поїдаючи печиво Тома, ледь не вдавилася. — Ну, спробуй, — вже спокійно додала вона, небезпечно звузивши очі.

А монах нарешті підвівся й дивився на них із щирим інтересом.

— Ну навіщо ви сваритеся? — Том встав між ними, про всяк випадок розставивши руки. — Ми всі зібралися разом, щоб допомогти драконові...

— Дракон полетів у своїх справах, — все ще сердито відповів Олівер. — І нічого не просив вам передати.

— Може, тоді нам краще просто забратися звідси? — Олівія зараз була на грані фолу, але зупинятися не збиралася. Подумаєш, цей слабак посмів заявити, що надає їй потиличників!..

— Давайте заспокоїмося і почекаємо, коли Чорний дракон вирішить повернутися, — втрутився у сварку Ардан.

Його спокійний голос вплинув на них, немов порив свіжого вітру, і парочка якось враз принишкла.

— Думаю, він не дуже зрадіє, якщо між нами оселиться розбрат, — так само спокійно додав старий.

— Гаразд, проїхали, — зітхнула Олівія. — Я обіцяла дракону...

— Вибач... — буркнув Олівер, опустивши очі.

Його бойовий запал вичерпався, і він ледь не почервонів через свою агресивність.

Якось негарно вийшло: він сам запросив цих двох у свій будинок, щоб вони допомогли залагодити важливу справу, а тепер за якийсь там безлад мало не вигнав їх.

— То ми йдемо?

Том, ще той миротворець, ледь не стрибав на місці з радощів перемир'я.

Здається, він єдиний з усіх ставився до всього з дитячою безпосередністю і відкритим серцем — без сумнівів і підозр.

— Тут недалеко, — Олівія охоче змінила тему.

Уже не сперечаючись, вся компанія вийшла на вулицю і рушила у бік спортзалу.

За цей час місто встигло змінити наряд і тепер сяяло нічними вогнями, а розмите мариво від вуличних ліхтарів підфарбовувало темне небо. Трохи застояне міське повітря містило в собі запахи бензинових парів і вечірньої вологості, але пильна вулиця явно нудьгувала за хорошим дощем...

# ГЛАВА 37

Зберігаючи мовчання, всі четверо дісталися до місця — йти дійсно довелося недовго. Олівер навіть здивувався: скільки він уже тут живе і ходить по цій вулиці, а вивіску спортивного залу ніколи не помічав.

Коли вони спустилися у напівпідвальне приміщення звичайного житлового будинку, Олівія натиснула кнопку дзвінка. Хлопчина-сторож безбоязно відкрив незнайомцям і, впізнавши дівчину, запросив їх увійти.

Приміщень було кілька — зал з тренажерами, зал із боксерськими грушами і ще один — найпростіший, в ньому підлога була застелена матами, а в одному з кутів стояли дві маленькі лави. Саме сюди і попрямував охоронець, за ним рушили всі інші.

Клацнув вимикач — і два вузьких світильники на стелі, замерехтівши, наповнили зал тьмяним блакитним світлом.

— Тренуйтеся, скільки хочете, — кивнув хлопчина, віддаляючись.

Напевно, вони були на його пам'яті не єдиними, хто з різних причин волів нічні заняття, і причини ці його ніяк не стосувалися.

— Ну що, з чого почнемо — з азів чи у тебе вже є якась підготовка?

Олівія, роззувшись, легко ступила на мати. Нога в неї, звичайно, боліла, але не настільки, щоб відмовити собі в задоволенні трохи покарати майбутнього учня. Нікого вчити їй ще не доводилося — вона сама досі була ученицею у Сенсея, але — тисяча відсотків гарантії — впоратися з цим зарозумілим міським хлопчиськом навіть із хворою ногою не становитиме труднощів.

— Я трохи навчався вільної боротьби, — невпевнено пробурмотів Олівер, теж роззуваючись і підходячи ближче до дівчини. — Тому дещо знаю...

— Дуже добре! — зраділа дівчина. Бити когось зовсім вже «сирого» — несолідно, а тут навіть «навчався». Чогось... якось... колись. — Значить — в спаринг. Покажи, що ти вмієш. Нападай!

Олівер кострубато повторив базову стійку Олівії, підходячи ближче, але поки тільки переминався нерішуче з ноги на ногу.

— Нумо! Твої манери ні до чого, тут вони не допоможуть! Забудь, що я дівчина, зараз я твій суперник, — заохочувала його Олівія. — Нападай! Або точно отримаєш у ніс!

Остання загроза подіяла — Олівер кинувся напролом, розмахуючи руками. Ще мить і... мат перекинувся в повітрі й жорстко доклався до його щоки. Здивовано кліпаючи очима, хлопець піднявся з підлоги. Як це у неї вийшло?!

— Підйом, досить вилежуватися! — радісно щебетала Олівія. Здається, все це дійство тішило її. — Нападай!

Уже без особливої сором'язливості Олівер кинувся на суперницю — і знову впав на лопатки. І ще раз, і ще...

Олівія зупинилася приблизно після десятого кидка, коли трохи тремтячі руки Олівера, на які він спробував спертися, щоб піднятися, неслухняно роз'їхалися в боки.

— Так... Підготовка — як би тобі сказати? Ніяка, — чесно зізналася вона. — Треба добре попрацювати, щоб дотягнути тебе хоч до якогось рівня.

Здійснивши свою маленьку помсту, Олівія намагалася бути об'єктивною. Але ось всі благі помисли Олівера вилетіли з нього — напевно, від хорошого струсу.

— А мене все влаштовує! — зло видихнув він, відриваючи себе від підлоги. — І взагалі... Я не збираюся ні з ким битися!

Піднявшись нарешті на ноги, не дуже впевненою ходою хлопець під мовчазні погляди товаришів попрямував до виходу. Зрозумівши, що забув взутися, так само мовчки повернувся, сяк-так начепив взуття й зашаркав геть.

— Гей, а може, передумаєш? — кинула йому навздогін Олівія. — Томас теж нічого не вміє, тренуватиметеся разом.

— Дякую, обійдуся, — похмуро буркнув боєць-невдаха і, не озираючись, пішов далі.

І тільки вдихнувши сире міське повітря, трохи заспокоївся.

— Та пропади воно все пропадом! Може, все це взагалі вигадки. Може, у нас галюцинації були! Колективні. А потім вони розвіялися і залишився... залишився... нічого не залишилося!

Засунувши руки в кишені глибше і опустивши голову, хлопець побрів по вулиці світ за очі. Він почувався приниженим. Ця дівчина просто познущалася з нього. Але думати про це зовсім не хотілося. Все, на що зараз вистачало сил, — мовчки крокувати з похмурим виразом обличчя.

Почувши радісний пташиний перелив, він не відразу зрозумів, що дзвонить його мобільний. Діставши телефон з кишені, Олівер з хвилину тупо дивився на екран. «Алекс» — висвічувалося там. Так, саме сьогодні вона дала йому свій номер, і він відразу ж поставив на її контакт цю пташину музику. А тепер дівчина дзвонила йому сама, та ще й увечері!

Тремтячою рукою він натиснув кнопку.

— Алло? Алекс?

Олівер очікував почути будь-який голос — втомлений, грайливий, життєрадісний, може, трошки засмучений чимось... Але тільки не такий — смертельно переляканий, з відчаєм.

— Олівере!!!

— Алекс, це ти? Що трапилося?

— Олівере, допоможи мені!!! — ще більше відчаю і якийсь приглушений схлип.

— Алекс, де ти?!

— Твоя дівчина у нас, — пролунав як грім серед ясного неба гучний чоловічий голос з легким акцентом. — І якщо хочеш отримати її назад живою і неушкодженою, то будеш слухняним і зробиш все, що тобі скажуть. Це зрозуміло?

— Але хто ви?! Що відбувається?! Де Алекс?! Що потрібно зробити?!

— Занадто багато запитань, — у цьому спокійному впевненому голосі звучала насмішка. — Але ти отримаєш на них відповіді свого часу. А поки будь розсудливим і не розказуй про нашу бесіду. Думаю, не варто говорити, що поліція тобі не допоможе.

— Але що вам потрібно?! — вигукнув Олівер, не хвилюючись про те, що парочка перехожих злякано метнулася вбік.

— Просто поводься тихо і чекай на подальші інструкції — для твоєї подружки так буде краще... І не намагайся знайти нас — це безглуздо. Ти мене почув?

— Так, я почув, — ледве видавив із себе Олівер. — Але як...

Деякий час він продовжував стояти на місці, намагаючись усвідомити, що ж сталося, і відчайдушно сподіваючись, що Алекс зараз передзвонить і зі сміхом крикне: «Розіграш!»

Але телефон мовчав, немов неживий шматок пластика, накритий, як і він сам, невидимою мережею біди, що розгорталася над головою. В останній відчайдушній спробі Олівер судорожно натиснув кнопку виклику. «Абонент перебуває поза зоною досягнення», — відповів байдужий голос робота, і біда раптом стала відчутною, реальною, як ця темна вулиця і разом почорніле небо в рожевих розводах безсилого світла міських вікон...

По краплі, повільно в Олівера вливалося усвідомлення того, що з Алекс трапилося нещастя. Вона, ймовірно, через нього потрапила до рук... до кого? Невідомо. Бандитів, терористів, спецслужб... І, схоже, їм потрібна не Алекс, а він сам. Утім, яка різниця... Зрозуміло, що просто так вони її не відпустять.

Як і те, що він зробить все для порятунку дівчини, тієї, з якою познайомився не так давно, але яка вже настільки дорога йому.

Думки нарешті вгамувалися і вже не скакали, ніби скажені коні. Олівер зміг трохи заспокоїтися і перевести дух. Він озирнувся навколо, ніби вперше бачив і цю вулицю, і перехожих, і машини, що пролітали повз... Все у світі, як і раніше, але тепер відчувається зовсім по-іншому. Відтепер це була частина Всесвіту, де невинній дівчині загрожує смертельна небезпека, причиною якої, напевно, був він сам. Тільки прийнявши це, можна рухатися далі. І спробувати змінити щось...

Машинально сховавши телефон у кишеню, Олівер попрямував назад до спортзалу.

# ГЛАВА 38

Рухи довготелесого, незграбного Томаса нагадували метушню місячного щеняти. Та й фізіономія хлопця виражала наївне щеняче захоплення, дарма що вертка блондинка несподівано для всіх виявилася майстром карате і вже вкотре збивала його з ніг, змушуючи напрацьовувати навик захисту від удару.

— Ну... Вже краще, — не надто впевнено вела вона далі, подаючи молодому чоловіку руку і допомагаючи підвестися.

На відміну від Олівера, Том зовсім не турбувався через свої спортивні невдачі — саме перебування поруч з Олівією дуже тішило його.

Ардана, на щастя, ніхто навчати не збирався, і поважний монах спокійно сидів на лаві, спостерігаючи за дійством у спортзалі. Він, як і новоспечена тренерка, був явно засмучений через відхід Олівера — адже саме його, а не Томаса Чорний дракон доручив підготувати до виконання важливої місії.

— То як воно, все добре? — пролунав раптом голос, і вся трійця разом обернулася.

На порозі стояв Олівер.

— А тобі що до того? Ти ж начебто пішов? — не дуже ввічливо запитала Олівія.

— Пішов... А тепер повернувся. І хочу просити тебе повчити мене. Зізнаюся, що мій рівень бойових умінь — нижче плінтуса, але я бажаю підняти його. Хоча б трохи... — видавив він із себе щось схоже на посмішку.

— Олівере, а з тобою все гаразд? — Томас уважно подивився на друга.

— Все добре... — відмахнувся той, уникаючи допитливого погляду товариша. — То ти мені допоможеш? Будь ласка! — знову попросив Олівію.

Здається, від колишньої напруги між ними не залишилося і сліду. Блондинка теж це відчула.

— Ну звичайно! — знизала вона плечима. — Я ж обіцяла... Тільки пропоную обійтися без дитячих образ. Я показую, ви повторюєте, — повернулася вона вже до обох хлопців. — Тобі, Томасе, теж корисно буде. Робите те, що я скажу. Ясно?

— Ясно, — кивнув Олівер, роззуваючись і знову ступаючи на мат. — Я готовий!

За подальшим тренуванням Ардан спостерігав уже трохи з подивом: і куди тільки поділася колишня запальність і розхлябаність Олівера! Хлопець відпрацьовував удари чітко, зосередившись на виконанні кожного руху, і викладався так, ніби це було зараз для нього найважливіше у світі. І жодних претензій, якщо Олівія іноді виправляла його або змушувала повторювати щось знову і знову. Здається, він не тільки визнав у ній вчителя, а й сам дійсно став учнем. І навіть зараз вже було помітно, що хоч обидва молодих чоловіки на матах новачки, але саме Олівер схоплює все на льоту, переймаючи рухи майже в точності. Поруч з ним довготелесий сусід здавався кумедною дитиною, яка намагається повторити танок дорослих.

— Тобі не здається, що з ним щось трапилося? Хіба може людина раптом ні з того ні з сього ось так помінятися?

— Угу, — погодився Ардан. — Щось тут не те...

Раптом монах зрозумів, що розмовляє з невидимим співрозмовником. Здригнувшись від несподіванки, він не втримався і з гуркотом обрушився на підлогу, перевернувши ненадійну лавку.

— Гей, ти чого? Це ж тільки я! — синє опудало вистрибнуло йому на груди і дбайливо заглянуло в очі. — Голову не забив?

— Щезни, заради всього святого! — гаркнув Ардан, зводячись на ноги. І тільки тепер він помітив, що інші троє, зупинивши урок, з подивом дивляться на нього. — Вибачте, друзі, я це...

— Заснув? — підказав Том, піднявши брови.

Але Олівія сердито махнула хлопцеві рукою, закликаючи повернутися до заняття.

Монах, крекчучи, встановив лаву на колишнє місце, боязко на неї покосився, а потім сів прямо на підлогу. Щось віддалено схоже на сову теж влаштувалося поруч.

— Ох і важко ж мені з тобою, — раптом сумно зітхнув невидимий птах.

Він скрушно похитав абсолютно круглою головою із синьо-фіолетовими пензликами вух.

Ардан від несподіванки аж язика проковтнув.

— Тобі?! Зі мною?! — нарешті прошепотів він, майже не розтуляючи вуст і скоса поглядаючи в бік бойової трійці.

— А кому ж іще? — так само сумно псевдосова знизала другим шаром, до якого кріпилися крила. — Скільки років ми з тобою разом? А ти досі мене лякаєшся... ігноруєш. Чи взагалі кричиш. А я... я...

Синя куля, здавалося, ось-ось заплаче. Ардан дивився на свого нав'язливого співрозмовника з превеликим подивом: вперше жахливий птах скаржився йому на своє життя — чи що там у нього було.

— І взагалі, єдина людина, яка мене бачить, бачити мене не хоче! — запхикав він раптом, прикривши подобою пір'я очі-миски. — Ніхто мене не лю-ю-ю-бить...

Трохи розгубившись, Ардан не знав, що відповісти. Ще недавно він би позловтішався, що істота, яка приносить йому стільки мук, тепер страждає сама, але... Чомусь зловтішатися зовсім не хотілося. Більше того, він по-новому глянув на свого мучителя, спочатку — з подивом, потім — з цікавістю, і йому все більше ставало... шкода його, чи що?

— Гей, ти... Перестань ревіти, — невпевнено звернувся монах напівголосно до синьої грудки. — Що це на тебе найшло?

— Нікому я не потрібен! Ніхто мене не ба-а-а-чить, — продовжувала ревіти ультрамаринова істота, не звертаючи уваги на Ардана.

— Чому? Я тебе бачу, — пролунав раптом поруч знайомий голос, і монах напевно ще раз впав би від несподіванки, якщо було б куди падати: поруч з ним стояв... Чорний дракон!

— Правда?! — вигукнуло створіння, змахнувши великі краплі сліз крилом і підскочивши до Крейха. — Ти правда мене бачиш?!

— Невже?! — майже одночасно зі своїм кошмаром скрикнув і Ардан.

У цей момент на підлогу приземлився Том: повернувшись на голос монаха, він не зміг відбити удар Олівера. Але чергове падіння, здається, зовсім не засмутило його: побачивши дракона, ботанік незграбно підвівся і разом з іншими поспішив до нього.

— Ні, я розмовляю з чужими галюцинаціями! — хмикнув дракон. — Звичайно, бачу.

— Значить, це синє диво — справжнє... — вражено прошепотів монах.

Хлопці, оточивши його і Крейха, лише здивовано переглядалися: вони не помічали синьої кульки, яка тепер щасливо стрибала прямо на носі у космічного прибульця.

— Може, ти ще й знаєш, хто я? — з надією запитала псевдосова.

— Звичайно, знаю. Ти — синій птах удачі.

— Синій птах удачі! — в один голос вигукнули Ардан і його нав'язливе диво, вражені цією приголомшливою звісткою.

Олівер, Том і Олівія продовжували здивовано переводити погляд з Крейха на Ардана, все ще не розуміючи, з ким ті розмовляють.

— А чому тоді вони мене не бачать? — махнула крилом грудка синього пір'я у бік хлопців.

— Бо ти птах удачі ось його, — Крейх вказав очима на Ардана, причому не дуже вже шанобливо. — Й інші тебе не повинні бачити.

— Птах удачі? — Ардан, здається, ніяк не міг прийняти цього факту. Але кому можна вірити, якщо не Чорному драконові? — Тоді чому... мені завжди здавалося, що це моє прокляття, мій кошмар...

— Ну, це вже твої проблеми, — знизав плечима інопланетний гість. — Хто хоче удачі — йде за своїм синім птахом, якщо вже він у нього з'явився, а хто хоче кошмару — отримує кошмар. Тут кожен може вибирати.

— Так це... виходить... у мене стільки років був свій птах удачі, а я... пів життя витратив на те, щоб позбутися його?

Зараз розширені від подиву очі монаха були схожими на круглі совині очі-миски.

У відповідь синє створіння скорчило злісну гримасу і показало своєму господареві язика. Але хіба може довго сердитися птах щастя?

Через пару секунд мультяшка знову світилася радістю: адже тепер вона знала про себе все!

— З ким це ви розмовляєте?.. — обережно запитала Олівія, все ще поглядаючи на дракона і монаха.

— З його синім птахом, — пояснив Крейх. — А ви тут, бачу, розважаєтеся?

— Угу, — кивнув Томас, потираючи забиту потилицю. — Нам тут весело!

Олівер, глянувши на дракона, подивився на двері і сказав більше ствердно, ніж запитально:

— То ти і крізь стіни проходити вмієш? У двері ти не пройшов би...

— Ой, тільки не треба додавати мені комплексів з приводу моєї ваги! — картинно змахнув лапою дракон. — Сам знаю, що треба скинути тонну-другу. Ось врятуємо ваш світ — і відразу сяду на дієту...

Крейх оглянув зал. Приміщення вже не здавалося просторим, коли він втиснув сюди свою тушу.

— І що у вас тут виходить?

Ящір важко ступив у бік матів, залишаючи Ардана наодинці з його удачею.

Синій птах, високо задерши дзьоб, гордо сидів на краю лави, повернувшись до розгубленого монаха хвостом.

— Ти це... вибач мені, — несміливо сказав Ардан.

Ультрамаринка не поворухнулася.

— Ну, я ж не знав, що ти удача...

— Так я теж не знав, — раптом випалив птах, якому дуже швидко набридло дутися.

— Тоді мир?

— Мир, — синє диво заплескало крилами і опустилося Арданові на плече.

Тепер монах свою удачу не прогнав.

— Як ти думаєш, у них дійсно щось вийде? — запитав він через деякий час, спостерігаючи за спробами Тома блокувати удари Олівера, а потім — за такими ж нікчемними потугами Олівера закритися від ударів Олівії.

— Все залежить від того, скільки сил вони захочуть на це витратити, — знизав плечима птах.

Вперше вони сиділи разом і розмовляли мирно, без лайки.

— А от мені здається, проблема не в них, а в часі... — тривожно насупився монах. — У нас його зовсім мало. Наче біда витає в повітрі і наближається, як грозова хмара, з великою швидкістю. Я впевнений, що дракон каже правду і світу дійсно загрожує небезпека. Тільки ось поки ніяк не зрозумію, чому він обрав за помічника цього хлопчиська.

— Може, він просто ще не показав себе? Адже якщо його вибрав дракон, значить, щось в ньому є.

— Напевно, це правда, — погодився монах, про себе дивуючись: чому він раніше не помічав, що його наполегливий співрозмовник дійсно розумний і проникливий? — Слухай, а якщо мені... необхідна буде твоя порада, я можу якось... покликати тебе? — обережно запитав він.

— Звісно! — мультяшка не приховувала своєї радості. — Просто крикни «Рекс!», і я примчуся!

— Р... Рекс?

— Ну так. Ім'я таке... Знаєш... як у динозавра, — прошепотало синє диво, і Арданові здалося, що пір'я птаха стало трохи червоним.

— І ти... сам себе так назвав?

— А хто б ще міг назвати мене?

— Ну... Рекс — дуже навіть нічого. Міць якась...

— Ти справді так думаєш? — засяяло чудо в пір'ї.

Вони сиділи поруч — старий і його птах удачі, спостерігаючи за Юністю у вигляді двох молодих людей та дівчини, які влаштували веселу бійку на спортивному маті. І вперше за дуже довгий час жоден з них не почувався самотнім.

# ГЛАВА 39

Коли обидва хлопці вже ледве трималися на ногах, Олівія нарешті змилостивилася.

— На сьогодні вистачить, — махнула вона рукою, і Олівер з Томом, дружно впавши на мати, застигли.

Блондинка теж добряче втомилася: після багатогодинного старання хоч чогось навчити двох бовдурів (один з яких був зовсім безнадійний, а інший все ж таки подавав надії) вона почувалася вичавленим лимоном.

— Ученицею бути простіше, — зізналася Олівія дракону, який весь цей час уважно спостерігав за тренуванням.

Трохи накульгуючи, дівчина втомлено попленталася шукати своє взуття.

— Ти досі кульгаєш? — між іншим зауважив дракон.

— Загоїться... — відмахнулася блондинка.

Пружний хвіст дракона, що, як завжди, жив своїм життям — то погойдуючись у повітрі, то підстрибуючи, то звиваючись, — тепер змією поповз по підлозі слідом за нею. І раптом спритно й м'яко обвився навколо дівочої щиколотки. Від несподіванки Олівія спіткнулася, але Крейх підхопив її, не давши впасти.

— Хвостотерапія, — пояснив дракон, а через хвилину відпустив ногу. — Не поспішай, пошепотітися треба... Що ти скажеш про своїх учнів?

Олівія озирнулася на хлопців — обидва досі продовжували пластом лежати на маті, не подаючи ознак життя.

— Ну... — дівчина лестила ця довіра. — Томас... він намагається, — чесно зізналася вона. — Але це...

— ...Марно, — продовжив замість неї Чорний дракон.

Олівія кивнула, ще раз озирнувшись на ботаніка. І чи дракону здалося, чи справді в очах її на мить майнула теплота.

— А ось з Олівером все не так запущено. Він теж старається — навіть дуже, і у нього вже дещо починає виходити. Але, звичайно, для будь-яких, бодай найменших результатів потрібен час.

— А його у нас якраз і немає, — похитав головою дракон, теж задумливо роздивляючись Олівера. — Є ще один спосіб — я міг би передати йому деякі знання про бойові мистецтва, і тоді залишилося б лише відпрацювати практику.

— А ти можеш зробити це? — Олівер, який секунду назад зображав непритомного на підлозі, раптом ожив і навіть спробував підвестися на ліктях.

— Фуф! — зневажливо пирхнув ящір. — Я ж сам і придумав ці мистецтва для людей! Кому, як не мені, знати про них все? Потім, звичайно, люди дещо допрацювали, але основа залишилася колишньою.

— То чому ж ти відразу не сказав? — простогнав Олівер, роблячи ще одну стоїчну спробу відірвати себе від мату.

— Бо передача знань безпосередньо — справа ризикована. Сам знаєш: передати можна тільки те, що інший готовий прийняти, і не більше. Хай би як я старався, якщо ти не налаштований на ту ж хвилю, нічого не вийде. Вірніше, вийде — варений мозок. Тут вже як піде...

Олівера пересмикнуло.

— Ти це серйозно?

— Навіть дуже! — дракон вишкірив свою і без того люту морду, і хлопець вирішив краще промовчати.

— Гаразд, на сьогодні вистачить! — гаркнула рептилія. — Відпочивайте, а завтра зустрінемося тут само.

З цими словами дракон ступив до найближчої стінки, а далі — крізь неї, немов зовсім не існувало ніякої перешкоди. Останнє, що побачили застиглі на місці люди, — гнучкий чорний кінчик хвоста, який, розгойдуючись, як маятник, так само пройшовши крізь стіну і зник.

— Нічого собі, — пробурмотів Томас, піднімаючись. — А нам так можна?

— Ти про мізки варені чув? — пробурчала Олівія, підходячи до нього.

Одним різким рухом відірвавши за комір невдалого ботана від підлоги, вона першою попрямувала до виходу.

Томас кинувся за нею слідом, а далі потягнулися інші. Найбадьорішим виглядав Ардан: він не сопів на бойовій розминці, та ще й знайшов свого птаха удачі — хоча поки що не знав, що з ним робити. І тільки на обличчі Олівера жодного разу не з'явилася усмішка — здавалося, хлопець глибоко занурився у свої думки. Це можна було списати на втому, але уважні очі монаха відразу розгледіли дивні зміни.

Місто зустріло їх досвітнім серпанком. Нарешті згасли нав'язливі вогні вітрин, і Мідлтаун притих у передчутті швидкого ранку. Крім невеликої компанії, що вибралася з підвалу-спортзалу, на вулиці в цей час нікого більше не було. Дракон зник — так само раптово, як і з'явився. Хлопці, йдучи поруч з Олівією, намагалися виглядати гідно. Але, опинившись вдома, кожен звалився на ліжко і блискавично заснув.

Уже засинаючи, Олівер подумки подякував Олівії, яка вкрай заморила його своїми уроками, — інакше йому навряд чи вдалося б зімкнути очі після недавньої звістки про викрадення Алекс. А сили йому ой як потрібні — завтра вони точно знадобляться...

# ГЛАВА 40

З'явившись в офіс о пів на десяту, Олівер постав перед Євою. До цього часу адміністратор «Сіті груп» вже метала блискавки не гірше Зевса. Але, всупереч очікуванням, горе-співробітник не став виправдовуватися. Більш того, плювати хотів на її промови, сповнені справедливого гніву. Просто подивився на цю фурію і зробив жест рукою, щоб зупинити її.

— Єво, заспокойся, — несподівано промовив він так рівно і спокійно, немов розмовляв зараз зі своїм менеджером не з позиції працівника, який мав провину, а щонайменше власника компанії, якому ніколи вислуховувати подібну нісенітницю. — Шеф у себе?

— Та ти... Та я зараз... — бліде худорляве обличчя з неприродно яскравими плямами рум'ян на щоках побіліло ще більше.

Від обурення слова закінчилися, і офісна гримза хапала ротом повітря, як викинута на берег риба.

— Привіт, Олівере! — один з його колег увійшов до кабінету Єви і став мимовільним свідком їхньої розмови — вірніше, спроби поговорити.

Він жартівливо примружився, роздивляючись молодшого колегу: про репутацію Олівера в компанії знали всі.

— Дай вгадаю, чому ти запізнився сьогодні: ти рятував світ і трохи не вклався в графік!

Повернувшись до нього, Олівер посміхнувся у відповідь — але не весело, а якось неуважно і задумливо.

— Привіт... Ти майже вгадав. Та лише майже, я тільки збираюся рятувати цей дурний світ. І тому мені потрібна відпустка... — За його голосом не можна було зрозуміти, жартує він чи ні.

— І з цим... ти збираєшся... до шефа? — нарешті просипіла Єва.

Голос до неї повертався поступово, і лише очі не змінювали форми — все такі ж блискучі круглі медалі, заховані за скельцями окулярів.

— Загалом, так, — кивнув Олівер, ні до кого конкретно не звертаючись.

Тепер Єва, відкривши рот, мовчки дивилася на цього зовсім не знайомого їй Олівера. І навіть не подумала його зупинити, коли той, протиснувшись мимо колеги, попрямував до кабінету директора.

— Е... Що з ним? — здивовано піднявши брови, запитав рядовий співробітник «Сіті груп».

Єва мовчки розвела руками — схоже, у бідолашної відібрало мову. Її колега забув, навіщо прийшов, але не поспішав йти: він прагнув дізнатися, чим закінчиться візит Олівера Сміта до грізного начальника фірми.

Минуло не більше хвилини, коли з директорського кабінету долинуло щось, що нагадувало левиний рик. Через двері було трохи чутно, що шеф розлючений і що Оліверу дається тиждень випробувального терміну, інакше — він звільнений! Єва і цікавий колега знову перезирнулися; завмерши на місці, майже не дихаючи (щоб не пропустити нічого з того, про що незабаром гудітиме вся компанія), вони сподівалися побачити осоромленого юнака, який кулею вилітає з кабінету з виглядом побитої собаки.

Та де там: чорні двері з блискучою табличкою відкрилися знову, з-за них незворушно, так само спокійно, як і ввійшов, з'явився Олівер. Через секунду по той бік дверей об неї гупнуло щось важке, посипавшись на підлогу градом уламків.

— Ваза... — ледь просипіла Єва.

Тепер її перш бліде обличчя стало червоним — настільки, що яскраві рум'яна більше не виділялися на ньому.

— Бувайте, — Олівер кивнув колегам і тією самою рівною ходою попрямував до виходу.

Його відхід породив лише німу сцену двох приголомшених людей.

— А... це точно він? — оговтався чоловік, котрий все ще дивився вслід хлопцеві.

Єва лише знизала плечима і розвела руками: передбачити таке не могла навіть вона, хоча раніше часто повторювала, що «від цього Олівера можна чекати чого завгодно».

А юнак, спустившись у двір і майже з сумом кинувши погляд на офісну будівлю, лише усміхнувся: як наївно було з його боку трястися, коли бачив цю галасливу Єву, неврівноваженого начальника, ображатися через глузування колег... Тільки зараз, на порозі колосальної пригоди, він раптом зміг озирнутися назад і побачити все власне минуле життя під іншим кутом. Як дорослий, який з усмішкою згадує свої наївні дитячі пустощі.

Стрибнувши за кермо чорного пікапа, хлопець остаточно вирішив — працювати тут він точно вже не буде.

— Але ще трохи покатаюся на машині компанії, — неголосно сказав сам собі. — Як компенсація за шкідливу роботу.

Будь-які умови і правила, які зовсім недавно визначали все, перед обличчям навислої глобальної катастрофи стали раптом здаватися дрібними і несуттєвими. Зі спокійною душею водій пікапа-дракона вирулив на центральний проспект і полетів до краю міста.

З голови не виходила Алекс, і він відчував, що повинен комусь розповісти про це.

— Крейху! — покликав Олівер дракона спочатку вголос, а потім подумки, оскільки автомобіль не подавав ознак «розумного життя».

— Я тут, повелителю! Чого бажаєте? Смаколика-тістечка? А може, танк? — почувся знайомий голос приблизно через хвилину, з чого Олівер зробив висновок, що дракон був десь в іншому місці.

— Танк — це непогано б, — погодився хлопець. — Особливо з огляду на те, що я збираюся тобі сказати.

— Ну, слухаю, що там у тебе... — пробурчав інопланетний прибулець. — Бачу, тобі мало однієї проблеми загибелі людства, тому ти вирішив отримати ще парочку.

— Боюся, ці проблеми мають зв'язок, — зітхнув Олівер. — Через мене одна дівчина потрапила в біду. Ми з нею... Ми — просто знайомі, але вони... Вони вирішили, що вона мені дуже дорога, і забрали її!

— А вона й справді тобі дорога? — помовчавши, спитав Крейх.

— Так... ні... Яке це має значення? — розлютився Олівер, якому виявилося раптом зовсім нелегко говорити про свої почуття. — Вони можуть вбити її! Так і сказали...

— «Вони» — це хто?

— Не знаю, — хлопець похитав головою. — Подзвонили вчора з її номера, наказали нікому не розповідати. Пригрозили, що Алекс постраждає, якщо я не виконаю їхніх умов.

— Зрозуміло... — протягнув дракон.

Не ясно було, як він відреагував на визнання Олівера: в його голосі поки залишалася повна незворушність.

— Якщо зі мною щось... загалом, якщо що — тоді тобі доведеться її рятувати, — видихнув Олівер. — Але поки... Коротше, я хочу сказати, що готовий...

— До чого це ти готовий?

— Готовий ризикнути. Щодо передачі знань.

— А, ось ти про що... Пам'ятаєш, я тобі казав про варені мізки? — невинно бовкнув Крейх.

— Пам'ятаю. Але я однаково готовий ризикнути, — губи Олівера стиснулися в щільну смужку.

— Готовий ризикнути, навіть знаючи, що можеш загинути?.. Якщо наші з тобою частоти не збігатимуться, то в кращому разі ти втратиш розум... А в гіршому — помреш на місці, — дракон здавався спокійним, але його голос звучав так, що не залишалося сумнівів: ситуація вкрай серйозна.

— Однією небезпекою більше, однією менше, — безтурботно махнув рукою Олівер. — Думаю, якщо що, Олівія теж згодиться на роль героя. Навіть краще мене — вона вже володіє бойовими мистецтвами і хоробрості їй теж не позичати.

— Що ж! — дракон, здавалося, роздумував про щось. — Може, вона й справді згодиться...

# ГЛАВА 41

«Але ж мені його не вистачатиме, — раптом подумав хлопець, — коли він полетить назад у свою галактику...» Вперше він відчув, що дракон став йому другом.

На той час виїхавши за межі міста, Олівер пригальмував на узбіччі. Їхати далі не було сенсу: їм і тут ніхто не завадить.

— Я готовий, — глибоко зітхнув хлопець. — Можемо приступати.

Але Крейх не поспішав.

— Ти точно вирішив? Не хочеш подумати ще?

Хлопець вперто похитав головою:

— Я повинен врятувати Алекс! І наш світ... Тому кажи, що потрібно робити.

— Гаразд... — зітхнув дракон. — Добре, спробуємо. Робити нічого не потрібно — просто розслабся і не чини опір — хай би що ти відчував.

Хоча Крейх досі залишався в образі машини, Олівер раптом відчув на нозі невидимий, але важкий і жорсткий хвіст дракона, а на своєму тім'ї — теплу тяжкість, ніби на нього поклали лапи.

— Поїхали!

Тепло наростало. Незабаром Олівер насилу стримував крик: пекуче-гаряча хвиля запульсувала в голові нестерпним болем, немов готова була вибухнути. Тіло, здавалося, скували залізні лещата — так, що він боявся навіть дихнути. Темні плями застрибали перед очима скаженими м'ячиками. «Не чинити опір, не чинити опір», — стверджував про себе Олівер, заплющивши очі з такою силою, ніби хотів повіками розчавити очі.

Зібравши всю волю в кулак, він спробував розслабитися — віддатися цій хвилі болю, немов пірнувши в теплу м'яку морську безодню. І у нього вийшло! Ще секунда — і біль вщух, замість цього хлопець відчув себе легким, як пір'їнка. М'ячики перетворилися в одне велике сонце — променисте і ласкаве, воно ніби обіймало своїм світлом, вабило до себе, тягло, розсипаючись радісними звуками. Цей чудовий світ дивним чином перетікав у чарівні звуки — і назад, схоже, будучи одним цілим.

— Олівер-р-ре... — покликало сонце. — Олівере...

— Олівере, досить спати! Однаково я не понесу тебе на своїй спині, навіть не розраховуй на це! — прогарчало сонце голосом Крейха, і раптом на його золотій поверхні з'явилася величезна витягнута зіниця. Око моргнуло — і націлилося на Олівера.

— Підйом!

Здригнувшись, хлопець боляче стукнувся об кермо носом і тільки тепер згадав, де він і що з ним сталося до того.

— Я живий? — запитав він, потираючи забитий ніс.

— Ну... Якщо ніс болить — значить, живий, — відповів Крейх. — Хай як дивно, але біль — привілей живих. Ну що, прокинувся?

Золотиста хмара з вузькою зіницею поступово трансформувалася у драконівську морду. Олівер закліпав, намагаючись поліпшити чіткість видимості: він досі сидів у своєму пікапі, відкинувшись у кріслі водія, за вікном так само вирувало місто, світило сонце і перехожі поспішали у своїх справах. Ніби й не було цієї дивної подорожі за межею світу, ніби все, що сталося, тільки наснилося.

— Ти тут? — хрипко запитав він, ще не повністю прийшовши до тями.

— Де ж мені бути? — голос Крейха звучав задоволено.

Однак хлопець уловив ще щось: він відчував настрій дракона, відчував його емоції. І головною з них зараз була радість — від того, що небезпечна ситуація минула і в них все вийшло.

— І що, я тепер знаю різні єдиноборства? — недовірливо запитав Олівер, прислухаючись до себе. — Щось я нічого не відчуваю.

— Ти й не повинен, — посміхнувся дракон. — Відчути можна, тільки випробувавши на практиці.

— У спарингу з Олівією! — видихнув Олівер і випростав спину.

Голова ще гула, але в тілі відчувалася незвичайна легкість.

— Можна і в спарингу з Олівією, — погодився Крейх. — Мабуть, згадувати про тренування з нею тобі не дуже вже й приємно.

Олівер зробив вигляд, ніби не почув останньої фрази: в ній явно звучала насмішка. Не міг же хлопець зізнатися, що дійсно був вражений своєю нездатністю перемогти худорляву дівчину!

— Тоді поїхали!

Пікапер поклав руки на кермо і, смакуючи майбутній бій, рвонув з місця.

# ГЛАВА 42

Сказати, що Олівія була здивована, — не сказати нічого. Ледве почався спаринг, як стало зрозуміло, що за силою та спритністю вони тепер варті один одного. Спершу боязко і обережно, а потім все впевненіше та швидше Олівер відповідав на удари свого вчителя. І зараз вже блондинці не доводилося себе стримувати; навпаки, через кілька хвилин вона стала викладатися на повну, щоб відбивати атаки свого учня, який розпалювався все більше й більше. Здавалося, тіло юнака саме інтуїтивно передбачає, в який момент і де потрібно перебувати, щоб уникнути удару або стримати його, обійти з боку, напасти самому... Цей майстерний поєдинок двох нагадував дивовижний танець, що зачаровує красою рухів. Олівер і Олівія були настільки захоплені, що не помічали нічого навколо: ні того, як намотували кола стрілки настінного годинника, ні того, як інші, залишивши свої заняття, збилися тихою зграйкою в кутку залу і з відкритими ротами спостерігають незвичайне видовище.

Нарешті — помилковий випад, різкий удар ребром долоні, Олівер блискавкою майнув за спиною у суперниці, і Олівія, приземлившись на мат, розпласталася там, важко дихаючи.

Він простягнув дівчині руку, допомагаючи піднятися. Лише в той момент тиша змінилася громом оплесків: присутні в спортзалі, не шкодуючи рук, висловлювали своє захоплення поєдинком двох Майстрів. Олівія обдарувала їх швидким поглядом і, не кажучи ні слова, пішла до виходу — вигляд у неї був замислений. Олівер, незграбно уклонившись захопленим глядачам, рушив за нею. Але варто було йому вийти за двері, як дівчина «прибила» його до стіни коридору:

— Як тобі вдалося? Вчора ти ледь зумів правильно виконати кілька рухів. Ти не симулював: я добре розрізняю удавання. А сьогодні... Зізнайся, що сталося за цю ніч?

— Мені допоміг Крейх, — чесно зізнався Олівер. — Він передав мені свої знання. Це скоріше заслуга дракона, а я тільки випробував дар на практиці.

Деякий час Олівія мовчала, «пережовуючи» почуте. У ній явно боролася купа суперечливих почуттів: здивування, захоплення, вразливість від своєї поразки, ну і, звичайно, заздрість від того, що ось так легко її недбайливий учень набув навичок, які їй самій довелося напрацьовувати роками виснажливих тренувань.

— Те, що ти зумів прийняти ці знання, багато означає, — пробурмотіла вона, звільняючи Олівера. — Думаю, не кожному це під силу.

Вийшовши на вулицю, вони одночасно вдихнули на повні груди свіжого повітря. Мабуть, збиралася гроза: повітря було насичене запахами і вологою, а десь вдалині слабо чувся гуркіт грому.

Недбалим рухом Олівія взяла юнака під руку:

— Ардан розповідав мені про дракона, коли ми були в лікарні. Я в той момент слухала його слова просто як кумедну казку. Східна екзотика і все таке — я не надала цьому значення. Але дещо з його оповідань запам'ятала. Наприклад, дізналася, що коли Чорний дракон рівноваги прибуває на планету як рятівник, він передає свої знання через Обранця, здатного їх прийняти. Тож, мабуть, ти і є той самий Обранець... Нехай це і звучить як щось неймовірне.

— Чому це «неймовірне»? — уражено запитав Олівер.

— Ти вже не ображайся, — усміхнулася дівчина, — але так, суто зовні — більш невідповідну фігуру для рятівника людства знайти важко. Хоча, не сумніваюся, у тебе є якісь приховані таланти. Інакше дракон вибрав би не тебе, а когось іншого, більш підготовленого.

Схоже, дівчині не давала спокою думка, що представником людства для великої місії виявився хлопець-недотепа з багажем у вигляді комплексів і недоліків. Набагато доцільніше було вибрати для цієї справи дівчину-білявку, спортивну, спритну й дотепну, з чудовою бойовою підготовкою та схильністю до авантюр. Будь вона на місці дракона, саме такий вибір і зробила б. Раптом Олівія згадала, що її обрали зовсім для іншої мети. Думати про це було чомусь дуже неприємно, і дівчина похитала головою, відкидаючи непотрібні думки.

— Гаразд, тепер і мені, й тобі непогано було б прийняти душ і гарненько відпочити!

З цим Олівер повністю погодився. Зараз, пройшовши випробування боєм, він нарешті відчував справжню втому. І ще досі не вщух шум у голові.

— Ти більше не кульгаєш, — раптом помітив юнак, дивлячись на ногу Олівії.

— Так, я вже зовсім здорова, — чомусь трохи зніяковіла вона. — Як казав Крейх — звичайна хвостотерапія. Гаразд, ти йди, а мені треба пробігтися по магазинах.

— Але ввечері ми ж іще позаймаємося? — кинув їй услід Олівер.

— Обов'язково! І цього разу я з тобою впораюся! — весело додала дівчина, вже тікаючи, однак за цими удаваними веселощами Олівер відчув нотки тривожного смутку.

«Їй, напевно, образливо, що Крейх поділився знаннями тільки зі мною, — по-своєму розцінив ситуацію Олівер. — А все ж цікаво — де, а головне для чого вона навчилася так класно битися?» Але на це запитання відповіді у нього поки не було...

# ГЛАВА 43

Цього разу оплесків було менше: в залі не сторонніх не знайшлося, і тепер не жалів своїх рук тільки Томас. Хоча решта не звертали на нього особливої уваги, бо більше вони прислухалися до ділових порад Крейха.

Дракон знову з'явився крізь стінку, щоб поспостерігати за успіхами своїх підопічних. Перший азарт двох на матах уже минув, і зараз вони переймалися можливістю випробувати свої сили в поєдинку з рівним супротивником. Хоча перевага все частіше опинялася на боці Олівера, дівчина не здавалася: відтепер вони вчилися один в одного, кружляючи-стрибаючи-переміщаючись по всьому залу під овації Томаса і уважні погляди Ардана.

Дракон не просто спостерігав за поєдинком: він постійно втручався, то направляючи когось, то жартуючи над обома. А коли всі добряче втомилися, Томас раптом вніс слушну пропозицію:

— У вас так чудово стало виходити, просто супер! А чи не відсвяткувати нам це?

— Бенкет під час чуми? — Крейх почухав маківку кінчиком хвоста, зображуючи роздуми. — А чому б і ні? Тільки, боюся, в ресторан мене не пустять. Злякаються, що я захочу включити в меню когось із обслуги.

Всі зареготали, почувши жарт Крейха, тільки Ардан благочинно стримав емоції, не наважившись висловити обурення таким «святотатством» дракона.

— Тоді ми можемо влаштувати пікнік за містом! — не вгамовувався Томас.

Помітно було, що він щиро радий успіхам друга й анітрохи йому не заздрить.

Що стосується його боязких і ніжних поглядів у бік блондинки, то вони вже нікого не дивували.

— Нічний пікнік... Дійсно, чому б і ні? — усміхнувся Олівер. — Хтозна, коли у нас з'явиться ще така нагода. Та й чи буде вона взагалі...

— Тоді вперед, по сосиски! — скомандував Томас, діловито потираючи руки. — Поїдемо на твоєму пікапі?

— Так, звісно, — неуважно кивнув Олівер, поспішаючи в роздягальню. — А Крейх нас потім наздожене...

Насправді йому було зараз зовсім не до веселощів. Викрадачі Алекс досі не давали про себе знати, телефон мовчав, і очікувати хороших звісток не було жодної причини. Олівер не знав, що саме від нього зажадають ці люди, але відчував: Чорному драконові, який став для нього справжнім другом, теж загрожує небезпека.

Хвилювання не давало ні хвилини спокою. Але найгірше те, що він зобов'язаний приховувати це від усіх — навіть від своїх друзів. Адже невідомо, що чекає на нього найближчим часом. Краще нехай не знають, так безпечніше для Алекс і для них самих... Тільки дракон посвячений у його таємницю. Ця істота з іншої планети у багато разів перевищувала його за всіма якостями — за силою, мудрістю, знаннями, уміннями і відповідальністю за планету Земля. Олівер довіряв Крейху більше, ніж самому собі. Він знав, що під маскою сарказму ховалася добра й чуйна душа, а ще — хоробре серце, яке належить істоті, готовій ризикувати власним життям заради інших. Заради людей, які поступово знищують свою прекрасну зелено-блакитну Землю і не усвідомлюють, що творять... Хтось мав перешкодити цьому. І цим «кимось» був Крейх. А тепер — і Олівер. Вони зобов'язані діяти разом: один —

посол вселенських сил, другий — представник приреченої планети. Тільки зараз юнак зрозумів це.

Олівер спостерігав за компанією попереду: завжди небагатослівний і розмірений Ардан, закоханий і трохи тупуватий Томас, гостра на язичок Олівія — тепер це були не просто сусід-ботанік і чужі люди, з якими звів його випадок. Усі вони разом з Крейхом стали для пікапера неймовірно близькими і багато для нього значили. Вони були потрібні йому, як і він їм, щоб хоча б спробувати запобігти небезпеці, що незримо розправляла крила.

# ГЛАВА 44

— Вперед! Нічний пікнік чекає на нас! — найбільше був натхненний Томас.

Він галантно підхопив Олівію під руку і, підморгнувши Оліверу, зник разом з нею в надрах супермаркету.

— Я ще не бачив його таким, — чесно зізнався Олівер задуманому Арданові, який теж витріщався на парочку. — Том зазвичай такий тихий і до дівчат на кілометр підійти боїться.

— Кохання, — якось дивно процвірінькав Ардан.

Здивовано глянувши на нього, Олівер помітив дивне кулясте створіння, яке примостилося на плечі монаха.

— Ти хто?! — ошелешено запитав хлопець.

Хай як він тер очі, кулястий птах синього кольору не зникав.

— Ти теж... мене бачиш?! — синє створіння підстрибнуло від радості й почало носитися в повітрі перед носами обох, виписуючи в польоті немислимі кренделі. — Він мене бачить! І чує! О боги, який я щасливий, який я щасливий!

Ардан з Олівером перезирнулися.

— Це ти з ним розмовляв, так? — нарешті дійшло до хлопця.

— Еге ж, — коротко кивнув Ардан.

Здається, він ще не зовсім вірив у те, що його синього птаха бачить інша людина.

— А я думав, що... Гм... Вибач, — промимрив Олівер, і в ту ж секунду синій клубок кинувся йому на шию, намагаючись загнутим фіолетовим дзьобом прикластися до хлопця в поцілунку.

— Та відчепися ти... Скажи краще, хто ти такий?

— Це мій синій птах удачі, — не без гордості представив істоту Ардан, — його звуть Рекс.

При цих словах сова-карикатура картинно підняла дзьоб вгору:

— Так, я птах удачі!

— Рекс? — здивувався Олівер. — Тиранозавр, чи що?

— Саме так!

— Ну, удача — це те, що нам зараз просто необхідно, — хмикнув юнак, дозволивши створінню м'яко опуститися собі на плече.

— Правда? Значить, мені можна залишитися з вами? — розцвіла ультрамаринка.

— Можна... Але не забувай, що для інших ти, як і раніше, невидима істота, — буркнув Ардан, косо поглядаючи на те, як досі тільки йому видимий супутник принидиться у Олівера на плечі.

— Це для мене звично, — махнула крилом псевдосова. — Незвично те, що тепер ви двоє мене бачите і дракон.

— О, значить і Крейх тебе бачить! — зрадів Олівер.

Йому було приємно дізнатися, що, крім мистецтва битися, він отримав ще одне вміння, яким володіє дракон: бачити те, що не помітно іншим звичайним людям. Це ще сильніше зближувало його з новим неймовірним другом.

— Звісно бачить! — здійнявся птах. — Адже він Великий Дракон, — додав він пошепки, наче це все пояснювало.

Приготування не забрало багато часу. Том і Олівія повернулися із сосисками та булочками, і, розмістившись в незмінному пікапі, вся компанія поїхала за місто.

Як на замовлення, ніч виявилася місячною, тож турбуватися про світло їм не довелося. Прозоре прохолодне повітря, просочене блакитним світлом, ніби й саме світилося. Дихалося легко і вільно, немов ця ніч була з ними заодно, підбадьорюючи та надійно захищаючи від сторонніх очей.

З'явившись майже відразу, Крейх під радісні вигуки інших продемонстрував приготування ковбасок по-драконівськї, підсмаживши їх одним вогненним видихом. І теж не відмовився від частування, хоча в його ікластій пащі сосиски здавалися зовсім крихітними. Жартуючи один над одним, всі розповідали кумедні історії, сміялися, ніби й не було небезпеки, що зібрала їх, таких різних, разом.

Навіть Олівер трохи відволікся від сумних думок. Зараз, спостерігаючи за строкатою компанією, він раптом зрозумів, що давно не відпочивав ось так запросто, в колі друзів. Дракон додав до його днів щось нове, чому він поки не дав назви, і це наповнювало життя хлопця змістом...

— Ми трохи прогуляємося, — ніяково усміхнувся Томас, піднімаючись слідом за Олівією.

— Ідіть-ідіть, нам більше залишиться. Там ще фрукти є, — усміхнувся дракон.

Але Тома зараз фрукти цікавили в останню чергу — він нарешті набрався хоробрості запросити дівчину на прогулянку. Нехай навіть просто до найближчого пагорба. Все ж таки для сором'язливого сусіда Олівера і це був подвиг.

— Цікаво, він наважиться її поцілувати вже цього року чи почекає наступного? — невинно поцікавився дракон, щойно парочка відійшла подалі.

— Крейху, він і так під зав'язку наповнений мужністю, — розвів руками Олівер. — Я щиро дивуюся його відвазі. Позалицятися до дівчини, та ще й такої, як Олівія, — це не старий холостяк-ботан, а не інакше як сам Томас... Круз.

— Хотілося б вірити, що у всіх нас буде цей наступний рік, — задумливо додав зазвичай стриманий Ардан, і усмішки на обличчях разом зів'яли, немов квіти від арктичного холоду.

— Мої маленькі друзі зробили навіть більше, ніж можна було сподіватися. Вони оточили будівлю, де розташована таємна лабораторія, яка створює смертельний вірус, — раптом поділився звісткою Крейх. — Кілька тисяч білок, звичайно ж, не змогли зупинити її роботу, але зате їм вдалося привернути до себе увагу. А коли природоохоронці та журналісти разом почали шукати пояснення факту масового скупчення білок, горе-винахідникам довелося зачаїтися. Але, звісно, надовго це їх не втримає. Гадаю, завтра ми отримаємо новини про те, як там справи. І тоді вирішимо, що робити далі. Не виключено, що будемо змушені вирушити у саме пекло — туди, де вони захочуть підірвати свою бомбу.

— Але ж ви, шановний Чорний драконе, своєю силою можете просто знищити її, — сказав Ардан.

— Можу, — кивнув Крейх, — але не маю права. Це буде прямим втручанням у справи планети, що категорично заборонено. Все, на що я здатний, — це допомогти вам. А якщо спробую порушити цю умову — просто втрачу душу і разом з нею — всі свої сили. У вашому світі це називається «померти».

— Але хіба ти можеш померти?! Невже ти не безсмертний? — вигукнув Олівер.

— А як таке можливо — позбутися душі? — і собі запитав Ардан.

— Я безсмертний як дух, безсмертна моя свідомість, моя сутність. Але в межах матеріального світу я здобуваю тіло. Я можу змінювати його форму, проте все ж воно цілком матеріальне. Загалом, мене можна вбити, як і будь-кого, хто тут живе, — це одна з причин, чому у світи, подібні до вашого, дракони прилітають так рідко і ненадовго... Як і будь-який з вас, втрачаючи життя, я втрачаю душу.

— А хіба душа і дух — це не одне й те саме?

— Дивно чути таке запитання від монаха! — пирхнув Крейх, але все ж пояснив: — Ні, не одне й те саме. А плутанина у вас вийшла через те, що в багатьох мовах обидва поняття схожі один на одного або звучать зовсім однаково. Дух — це сама сутність будь-якої істоти, хоч би якою була її форма. Тіло — це оболонка, пристосована до умов того світу, де ти примудрився втілитися. А душа — свого роду енергоцентр, або простіше — батарейка. Це флешка, куди прописуються всі знання. Здобувши такі у свій час, дух вже не може їх втратити, а їхня копія друкується в душі. І ще: для того щоб ними скористатися, потрібна енергія — її душа і накопичує. Втративши душу, я не втрачу своїх знань, але не зможу скористатися ними без енергії — для цього мені знадобиться інше втілення. І час... Загалом — не варіант, — похитав головою дракон і кинув у пащу пару апельсинів разом зі шкіркою.

Монах і експедитор, вперше почувши подібне пояснення людської суті, не знали, що сказати. Крейх так легко говорив про життя і смерть, про душу та енергії! При цьому ласував неочищеними апельсинами, ніби величезна мавпа... Напевно, вони обидва потай бажали почути від свого космічного друга щось таке, секрети сакральних знань... Але, почувши, виявилися до них не готові.

— Проїхали, — видихнув дракон і кинув у пащу ще один апельсин. — Ще комусь?

Двоє лише синхронно похитали головами — мова до них поки не повернулася.

— Тоді кличте наших закоханих, поки вони там остаточно не змерзли: ваш хоробрий ботан навряд чи зважився обійняти дівчину. І будемо збиратися додому — завтра, відчуваю, день може бути цікавим, — додав інопланетний ящір, поїдаючи останній апельсин.

Але кликати нікого не довелося — Том уже сам ішов до них. Тонкий силует Олівії темнів трохи віддалік.

— Ви що, посварилися? — Олівер, струснувши із себе тяжку ману від почутого, був радий тепер переключитися хоча б на Томаса.

— Та ні, що ти! Олівії просто подзвонив хтось, і я не став заважати...

— Подзвонив? — Олівер здивовано глянув на годинник — годинникова стрілка сонно підповзала до позначки «4».

Том у відповідь тільки знизав плечима — хлопець здавався засмученим. Але він навіть не здогадувався, що гірше від усіх зараз почувалася Олівія. Повернувшись спиною до решти, дівчина завмерла з телефоном, який подавав лише байдужі короткі гудки. Кілька слів, сказаних Медом, раптом повернули її на землю. І не просто повернули, а гарненько нокаутували у найнезручніший момент. Кинути друзів, яких ледь встигла знайти, — що може бути болючіше? Покинути назавжди, по-зрадницьки, жорстко, перетворитися на привид, залишивши для них лише гіркоту спогадів...

«Олівіє? Твоя місія закінчена. Першим рейсом повертайся назад. Ти потрібна тут, шеф уже чекає на тебе». — «Та ж як закінчена? Мені було наказано стежити за...» — «Решта — не твоя турбота, — перервав її Мед, не дослухавши до кінця. — Вертайся. Наказ шефа».

І тут недавня чарівність місячної ночі, і її долоня у теплій боязкій долоні такого беззахисно-милого Томаса, й дружна компанія, яка нарешті почала ставати командою, — все це раптом розлетілося на друзки, ніби уламки розбитого дзеркала.

«Так, напевно, почувалася Попелюшка, коли після балу їй довелося повернутися до мачухи, — подумала вона, піднявши обличчя до неба. — Хіба що цей місяць не перетворився на гарбуз...»

Олівія і сама не знала, чому їй стало так тяжко. Ще кілька днів тому вона мріяла вибратися з цього містечка, відпроситися в довгоочікувану відпустку і поїхати на теплий пляж, але чомусь зараз навіть думки про пляж здавалися безбарвними, немов з них злетіла вся мішура майбутньої радості.

Чому так? Це було всього лише одне з десятків інших завдань, які вона завжди виконувала чітко, без емоцій і переживань. Зазвичай єдиним почуттям після виконаної роботи було задоволення від власного професіоналізму та гонорару. Чому ж тепер все інакше? Останнє завдання не було ні найскладнішим, ні найнебезпечнішим — скоріше навпаки. Ні від кого не ховаєшся, нікого не треба вбивати... Просто потрапити в цю дивну компанію, завоювати довіру й доповідати про все, що вона бачить і чує. І з цим вона впоралася на відмінно. Але гнітюча туга не покидала її — немов зрадити треба було не цих чужих їй людей, а саму себе. Однак місія закінчена, а накази не обговорюються...

Олівія підвела голову до зблідлого тьмяного місяця, сердячись на себе за сльози, що почали щипати очі. Цього тільки не вистачало! Ні, геть емоції...

— Візьми себе в руки, ганчірко, — прошипіла дівчина сама собі й змусила своє незграбне тіло повернутися до всіх.

Здається, компанія вже почала збори додому.

До болю стиснувши в кишені холодний шматок пластика — свій мобільник, Олівія швидким кроком попрямувала до решти.

Темрява стрімко накрила землю. Місяць, ніби засоромившись підслуханих розмов, схоже, вирішив назавжди залишитися за хмарою. Або ж так темно стало на серці Олівії?

Вона щосили намагалася гнати думки про це. Краще подумати зараз про те, як пояснити свій майбутній від'їзд...

# ГЛАВА 45

— Я нічого не розумію, — повторив Томас, розгублено мнучи в руках паперовий білий прямокутник.

Він повторював це вже разів зо двадцять, ніби заїло запис на програвачі. У новеньких модних джинсах і до скрипу відпрасованій сорочці, з розгубленим виглядом Том сидів на кухні Олівера, продовжуючи м'яти в руках записку від Олівії, в якій дівчина пояснювала, куди і чому зникла. Взагалі, це послання насправді не вносило в ситуацію ясності.

— Нічого не розумію...

Олівер сумно зітхнув, йому дуже було шкода Томаса, який потрапив у таке незрозуміле становище. Дівчина, яка начебто була не проти його боязких залицянь, раптом випарувалася — просто під ранок, не сказавши нікому ні слова, лише черкнувши пару рядків про невідкладні справи, які змушують її терміново повернутися додому. Де саме був цей дім, Олівія не писала. Тим більше все це було дивно, враховуючи, що досі вона вважалася частиною команди з порятунку світу! І тут раптом якісь справи...

Але, по правді кажучи, Оліверу було не до Олівії: пішла — і нехай. Хоча він, звичайно, відчував розчарування і навіть образу: могла б розповісти, що там у неї сталося. Вчорашній день їх зблизив, навіть зробив друзями — у будь-якому разі так йому здалося. Мабуть, помилився...

— Ми всі іноді помиляємося в людях, — раптом сказав він Тому, замість того щоб втішати його.

Той здригнувся — і знітився ще більше.

Завжди небагатослівний Ардан лише виразно похитав головою: здається, він, як і Олівер, відчував якийсь підступ, але не знаходив підтверджень своїх здогадам.

І треба ж, у цю по самі вінця наповнену обтяжливим мовчанням хвилину пролунало життєрадісне цвірінькання під музичний акомпанемент! Усі троє обернулися в бік несподіваних звуків. Олівер не відразу зрозумів, що дзвонить його телефон. І дзвонить хтось саме з телефону Алекс...

Зблíднувши, він кинувся до мобільного і рвонув з ним на балкон, ледь не збивши з ніг монаха. Тільки зачинивши за собою двері, хлопець зумів тремтячою рукою натиснути кнопку.

— Т... так!

— Здрастуйте, містере Сміте, — пролунав на тому кінці чоловічий голос.

За інших обставин хлопець навіть назвав би цей голос приємним, але відразу стало ясно — говорила інша людина, не та, що спілкувалася з ним раніше.

— Я радий, що між нами не виникло непорозуміння — ви не зверталися в поліцію і поводилися коректно, — віщав далі невидимий співрозмовник. — Зі свого боку можу вас запевнити: з вашою дівчиною все гаразд і вона з нетерпінням чекає зустрічі з вами.

— Алекс! Дайте мені поговорити з нею! — вигукнув Олівер, насилу стримуючи емоції.

— Неодмінно, молодий чоловіче, неодмінно. І зможете не тільки поговорити, а й забрати її додому. За однієї маленької умови.

— Яка ще умова? Що вам потрібно?!

Юнак щосили намагався здаватися спокійним, але це йому не дуже вдавалося.

— Ми готові обміняти вашу дівчину. На одну послугу.

— Я маю поговорити з нею!

На тому кінці дроту почулася якась метушня, і тут вже інший голос, до болю знайомий, невпевнено сказав:

— Олівере?

— Алекс, де ти?! З тобою все гаразд? Де вони тебе тримають?

— Так, зі мною все добре, — мовила вона після деякої заминки.

Напевно, їхню розмову хтось слухав, але своїми вкрай актуальними новими почуттями-сканерами він розумів, що дівчина, хоч і налякана, все ж каже правду. Нічого справді поганого з нею поки не сталося. Поки що...

— Я в якомусь будинку — не знаю де... Олівере, що відбувається? Скажи їм, щоб мене відпустили! — тепер в її голосі звучало непідробне благання і погано стримувані ридання.

— Алекс, тільки не бійся! Я обов'язково заберу тебе, чуєш?

— Так...

По той бік знову почувся якийсь шум.

— Алекс, все буде добре, вір мені! — відчайдушно вигукнув він, уже не знаючи, почує його вона чи ні.

— Містере Сміте, сподіваюся, ви переконалися, що ми — чесні люди і тримаємо своє слово, але тільки якщо ви дотримаєте свого. Алекс ще трохи побуде нашою гостею, і ми передамо її вам особисто, з рук у руки, цілою і неушкодженою, — незворушним голосом повідомляв йому той самий чоловік.

Оліверу відчайдушно захотілося заїхати цьому ідіоту в щелепу.

— ...В обмін на дракона, — закінчив фразу незнайомець.

Хлопця немов з відра льодяною водою облили. Найгірші передчуття підтверджуються...

— Як ви собі це уявляєте? — раптово захриплим голосом запитав він. — Я спакую його в маленьку коробочку, перев'яжу стрічкою і передам вам? Ви його взагалі бачили?

— Не мав нагоди, — відповіли на тому кінці. — І так, звісно, я розумію, ви не зможете впоратися з ним фізично. Але це і не потрібно. Просто умовте вашого друга прибути разом з вами в місце, яке ми вкажемо. Все інше ми беремо на себе.

— А якщо він не погодиться?

— Гадаю, вам доведеться знайти досить переконливі доводи, містере Сміте. Інакше дівчина помре найнеприємнішою смертю. Подумайте про це.

— Добре... Але які ви можете дати гарантії, що з Алекс нічого не трапиться, якщо я... приведу до вас дракона?

Олівер ледь видавив це із себе. Він поки не уявляв, як буде діяти далі, але було ясно, що кинути Алекс у біді не зможе. Як, втім, і зрадити Крейха...

— Гарантії? — чоловік, здається, посміхався. — Я даю вам чесне слово, юначе. І повірте мені, воно коштує більше багатьох гарантій. Дівчина в обмін на дракона, або ж вона помре цієї ночі, — голос перестав бути вкрадливим, і в ньому несподівано почулися залізні нотки.

— Куди я... ми повинні приїхати? — слабким голосом промовив Олівер.

— Йоганнесбург. Сьогодні ввечері.

— Йоганнесбург?! Але це ж...

— Так, це трохи далеко, — співрозмовник, здається, знову насміхався. — Але зараз транспортне сполучення у всьому світі хороше. Зрештою, у вас є дракон... Думаю, ви встигнете.

— Де мені шукати вас?

— Подальші інструкції отримаєте після прибуття. Бажаю успіху, юначе, — додав він, і зв'язок обірвався разом з безнадійно стиснутим у хворобливу грудку серцем Олівера.

Що робити далі, пікапер поки не знав.

# ГЛАВА 46

— Ну от і все, — Вільям Блек посміхнувся, гидливо кинув чужий мобільний на стіл і одразу витер довгі пальці антибактеріальною серветкою, немов тримав перед цим в руках щонайменше слизьку жабу. — Хлопчик примчиться за цим дівчиськом, а ми зустрінемо його незвичайного друга. Все складається якнайкраще, — самовдоволено заявив він, піднімаючись із крісла.

Олівія і Мед — мовчазні свідки розмови, продовжували стояти поруч.

— Але чому Йоганнесбург? — не втрималася Олівія, коли Голова вже рушив до дверей.

Оглянувшись, він подивився на дівчину трохи з подивом — раніше вона не дозволяла собі зайвої цікавості. Здається, він зробив правильно, вирішивши усунути її від операції.

— Сьогодні — знаменний день для всієї планети, люба, — поблажливо пояснив Блек. — Саме у Вітватерсрандському університеті в Йоганнесбурзі вже зараз відбувається перша Всесвітня наукова конференція, присвячена питанням перенаселення і охорони навколишнього середовища. У ній беруть участь науковці, політики та громадські діячі з усіх країн. Я не сумніваюся, що ця подія стане новою точкою відліку у світовій історії, — саркастична посмішка скривила тонкі губи Блека. — І я, як Президент корпорації «Блек Пленет», повинен буду виступити на її закритті. А дракон — він буде як вишенька на святковому торті, — додав Вільям.

Вважаючи такі пояснення достатніми, Блек рушив до виходу, на ходу віддаючи подальші розпорядження.

— Меде, підготуй мій літак — ми вилітаємо через годину. Мені ще потрібно обговорити деякі деталі з Професором... А ти, Олівіє, залишайся тут до мого повернення — наступне завдання отримаєш пізніше.

— Слухаю, сер...

Проводжаючи шефа похмурим поглядом, дівчина напустила на себе незворушний вигляд, але настрій був бридкий — немов вона щойно вивалялася у брудній калюжі. Ще жодне завдання не давалося їй так важко.

Зазвичай, повертаючись до себе додому — в особняк поруч з резиденцією шефа, — вона одразу забувала про виконану роботу, плануючи, де і на що витратить зароблені гроші, але цього разу щось змінилося. «Об'єкти» роботи раптом перетворилися на «суб'єктів» — людей, які стали їй чомусь важливими. І це заважало. Вперше всередині неї завовтузилося маленьке звірятко, яке не давало спокою, і вона знову й знову поверталася думками до дивної компанії — двох хлопчиків, монаха, який говорив сам із собою, і фантастичної величезної істоти з іншого світу.

«Краще б ти ніколи не з'являвся! — з тугою подумала Олівія, звертаючись до цього маленького звірка, якого звали „совість". — Без тебе жилося значно легше...»

Дівчина продовжувала дивитися на двері, поки за нею не зникла слідом за Блеком і неосяжна спина Меда.

І тепер Олівер полетить зі свого Мідлтауна в Йоганнесбург, щоб спробувати врятувати Алекс. Адже йому невідомо, що Блек ніколи не залишає живими свідків своїх темних справ — нікого, хто хоч раз бачив в обличчя його самого або ж людей, які працюють на нього. Подібна доля чекає і Олівера, і дівчину, в яку він закоханий...

— Але навіщо йому Крейх? Що він буде робити з драконом? — вголос запитала вона саму себе і одразу прикрила рот рукою. У цьому будинку у всіх стін є вуха в буквальному сенсі.

Справи шефа раніше її особливо не цікавили — тільки в межах отримання необхідної інформації. Але все одно знала вона багато — настільки, що не могла плекати ілюзій колись залишити цю роботу і зажити звичайним життям. Раніше Олівія цього й не хотіла. Вона пишалася тим, що, вибравшись з брудних вулиць, стала працювати на найбагатшу людину країни, а можливо, і планети. Розкішна квартира, кілька авто, ціла колекція мотоциклів, значний рахунок у банку, дизайнерський одяг. Напівсироті, доньці дрібного злодія-п'янички, така «кар'єра» і не снилася. І лише зараз вона раптом дозволила собі усвідомити, що самотність, яку вона вважала за свободу і незалежність, раптом стала заважати їй. Олівії відчайдушно захотілося бути комусь потрібною, щоб потрібна була саме вона, а не її спритність і бойова майстерність. Той смішний боязкий хлопчина, Том, який ніяк не наважувався взяти її за руку, дивився на неї закоханими очима. Він нею захоплювався, вважав красивою і розумною. Йому хотілося лише трохи її уваги. А тепер... як вони вчинять із Томом? З Олівером?

Зробивши занадто різкий рух, дівчина налетіла на край крісла і зачепила його ногою. Вилаявшись, потерла рукою забите місце — і зовсім невчасно згадала гнучкий хвіст дракона, який обхопив її щиколотку, щоб вилікувати травму. Хвостотерапія Крейха...

— Що ж я наробила!..

Швидким кроком Олівія рвонула геть з дому і зупинилася на порозі: три автомобілі вже виїхали на вулицю, і куленепробивні стулки воріт якраз замикалися за ними.

Розгублено дивлячись їм услід, блондинка зараз — чи не вперше в житті — не знала, як діяти.

Її ліктя торкнулася чиясь несміла рука.

Різко обернувшись, Олівія побачила бліду дівчину в уніформі покоївки — це була служниця Голови. Здається, її звали Діна.

— Чого тобі? — не дуже ввічливо запитала Олівія.

Діна, боязко озирнувшись, зробила невпевнений жест рукою, запрошуючи блондинку за собою. Олівія глянула на неї вже з цікавістю — за весь час, що їй доводилося бувати в особняку свого шефа, служниця жодного разу не намагалася заговорити з нею. Начебто вона взагалі була німою... А зараз величезні сірі очі дівчини дивилися з благанням, і Олівія пішла за нею слідом — по вузькій, брукованій каменем доріжці, що вела до невеликого саду у внутрішній дворик.

Під якимось дивовижним деревом з фіолетовим листям Діна так само несподівано зупинилася і дістала з кишені мереживного білого фартуха невеликий плоский прилад, по поверхні якого забарабанила пальцями. На моніторі з'явилися слова великими літерами: «Я тебе знаю, ти — Олівія, одна з його помічниць».

— Так, я Олівія. Чого ти хочеш? — сказала дівчина.

Німа служниця уважно дивилася на її губи — за їх рухом вона читала слова. І написала ще дві фрази: «Я не знаю, чи можу довіряти тобі, але мені більше нема до кого звернутися. Якщо містер Блек зробить те, що він задумав, помре дуже багато людей».

Олівія здивовано перевела погляд з монітора на бліде схвильоване обличчя з палаючими очима.

— Я не втручаюся у справи містера Блека, дорогенька. Ти точно звернулася не за адресою, — відрізала вона і вже зібралася йти, але тонкі пальці вчепилися в її рукав.

Діна відкрила рот, немов хотіла закричати, проте з її горла вирвався лише незрозумілий здавлений звук — все це виглядало трохи моторошно.

Білі пальці, немов невагомі метелики, знову замиготіли над екраном, написавши: «Загинуть майже всі! Він хоче підірвати бомбу із смертельним вірусом і знищити світ. Врятуються тільки ті, хто матиме протиотруту».

Олівія тупо дивилася на літери, відчуваючи в роті металевий присмак. Слова Крейха одразу спливли в пам'яті: «Вони хочуть „очистити планету“ від занадто великої кількості представників вашої раси, випустивши на волю смертельний вірус. Вони вирішили, що мають право вибирати — кому жити далі, а хто повинен зникнути. При цьому впевнені, що зможуть контролювати вірус. Та вірус так не думає».

Так ось про що попереджав дракон! А вона, чесно кажучи, не дуже й вірила йому, вважаючи, що він веде свою гру... Як же вона помилялася!

— Звідки тобі все це відомо? — різко запитала Олівія у служниці.

«Він говорив про це з якимсь чоловіком, якого називав „Професор“», — відповіла Діна.

— Керівник експериментальної лабораторії на «Блек Фармасіа»...

Шматочки пазла стрімко складалися в єдину картину.

— Він знає, що дракон захоче йому перешкодити. Він збере їх усіх в Йоганнесбурзі сьогодні ввечері. «Дракон — як вишенька на торті»! Так ось яким тортом вирішив пригостити учасників конференції Голова... Ця подія стане новою точкою відліку у світовій історії, — повторила дівчина недавно сказані слова свого шефа.

«Що ж тепер робити?» — засвітилося на моніторі.

Олівія вперше взяла Діну за руку.

— Молися, щоб у нас все вийшло, а я спробую допомогти тим, хто здатний зупинити це безумство.

«Якщо ще не пізно», — останні слова вона не вимовила, адже глухоніма вміла читати по губах. А прочитати зараз її сумнів і каяття — це вже зайве...

Через кілька хвилин величезний чорний мотоцикл з мініатюрною вершницею на залізній спині вилетів з воріт резиденції Блека і помчав у бік аеропорту.

# ГЛАВА 47

— Мішрер Смііт? — прозвучало над самим вухом Олівера так несподівано, що він здригнувся.

Високий, у білосніжній сорочці чорношкірий здоровань ступив зі строкатого натовпу йому назустріч, щойно той пройшов митний контроль в аеропорту Йоганнесбурга. Чужа мова, гучні звуки оголошень і навіть саме повітря тут здавалися Оліверу наповненими напругою. Але цього разу він був готовий до несподіванок. Власне, ступаючи на чужу територію, хлопець не міг здогадуватися, чого йому чекати.

— Так, слухаю вас, — Олівер зберігав упевненість і спокій, хоча відразу ж здогадався, ким може бути ця людина, яка назвала його по імені.

— Мій пан запрошувати вас статти його гість і долучиитися до торжество, що відбуттися після закриття конференція, — посланець вимовляв слова старанно, однак у нього не все виходило правильно. — Будьте ласкаві вирушати за мною.

— Передайте своєму панові, ким би він не був, я обов'язково приїду. Але тільки на своєму автомобілі.

Побачивши щире здивування чорношкірого чоловіка, Олівер вирішив пояснити:

— Бачте, я страждаю на механофобію — боюся чужих автомобілів. І комфортно почуваюся лише у своїй машині. Тому взяв її із собою. Перевіз на літаку. Це влетіло мені в копієчку, але що поробиш, інакше ніяк.

Обличчя посильного витягнулося ще більше, він якусь мить роздумував над фразами дивного хлопця, та зрозумів, що той не хоче їхати з ним, і не придумав нічого кращого, як знову по-дурному посміхнутися.

— Тоді мій господар чекати вас у Вітватерсранд університет сьогоднішній вечір, — нарешті вимовив він і швидко пішов геть.

«Значить, хапати мене прямо в аеропорту у них завдання не було», — подумав Олівер, подумки звертаючись до Крейха, і дракон його почув.

«Мабуть, так... А тепер забирай мене звідси, інакше я рознесу запилене черево цього залізного монстра вщент — варто мені разок чхнути», — попередив Крейх, і Олівер відразу ж йому повірив.

Оглянувшись на всі боки, юнак попрямував до чоловічого туалету, де його вже мали чекати інші. Про всяк випадок компанія вирішила розділитися, і навіть у літаку всі сиділи окремо.

Петляючи в широких коридорах величезної багаторівневої будівлі, він подумки просив Крейха ще трохи почекати у вантажному відсіку, поки він зустрінеться з іншими.

Довготелесий Томас виглядав кумедно у своїй куртці й светрі серед одягнених у футболки хлопців з різним кольором шкіри, які очікували когось неподалік від таблички із зрозумілими на всіх мовах буквами WC. Але ще більш несподіваний мав вигляд Ардан у джинсах і сорочці Олівера, яка на ньому виглядала як мінісукня. Зі своєю східною зовнішністю і бородою він нагадував джина з казки, який раптом опинився в нашому часі. Олівер, попри всю напруженість ситуації, ледь стримав усмішку, дивлячись на цю кумедну парочку.

— Томасе, тобі не холодно? Може, ще одну куртку?

— Та я ось теж думаю — чи не зняти другий светр? — відповів ботанік і одразу почав стягувати із себе верхній одяг.

— Тут поруч з аеропортом є автобусна зупинка. Чекайте мене там, — скомандував Олівер на ходу і помчав далі, тепер уже визволяти Крейха з лап підозрілих митників.

Спускаючись по ескалатору на нижній ярус, юнак мимоволі розглядав строкатий натовп навколо. Люди різних націй, чорняві, руді, блондинисті, старі й зовсім діти, чоловіки та жінки — всі вони кудись поспішали, метушилися, раділи зустрічам і сумували перед далекою дорогою. Вони просто жили, ні на хвилину не здогадуючись, яка доля вже уготована їм усім. Вдихаючи сухе гаряче повітря чужої країни, мимоволі прислухаючись до уривків розмов на різних мовах, він раптом відчув глибоку печаль і хвилювання. Всі ці люди, хай би якими впевненими виглядали, насправді були беззахисні перед незримою бідою. І якщо вони не зупинять її...

«Тепер ти готовий», — раптом почув він у своїй голові голос Крейха і чомусь зовсім не здивувався цьому.

«Ти, здається, обіцяв не підслуховувати мої думки», — беззлобно огризнувся хлопець.

«Це не думки, це почуття. Їх не можна заховати, якщо вони є, — переконливо сказав Крейх. — Тож я не підслуховував — я просто відчув те, що відчуваєш ти».

«І до чого ж я готовий?»

Крізь напівпрозорий купол склепіння над будівлею раптом блиснули, заломлюючись об скло, золотисті промені світила, що вже позначило свій шлях у бік заходу. Розсіяне жовте світло на мить сяйнуло, переливаючись іскристим розсипом.

«Взяти на себе відповідальність за їхнє життя. І боротися заради порятунку людей Землі до кінця. Хай би чого це коштувало», — в голосі Крейха тепер не було жодної краплі глузування.

— Здається, я зрозумів, — відповів Олівер вголос.

Він був упевнений — дракон його чує...

# ГЛАВА 48

— Олівере, візьми ж трубку, хай тобі чорт! — прогарчала Олівія у свій мобільник, немов це він був винен, що номер Олівера Сміта наполегливо продовжував залишатися «поза зоною».

Зітхнувши, блондинка рішуче попрямувала назад в гущу натовпу, хоча відшукати своїх знайомих серед кількох тисяч учасників свята здавалося завданням майже нереальним.

Гучні звуки музики змішувалися з гулом юрби. Чоловіки в костюмах і жінки у вечірніх сукнях спілкувалися один з одним, прогулюючись у величезному університетському саду — сьогодні він був відкритий для всіх. То тут, то там блискали фотоспалахи — журналісти невтомно фотографували все, що завтра можна буде виставити у ранкових газетах. Втомлені офіціанти ледь не падали з ніг, підносячи все нові й нові закуски і келихи з напоями до численних столів, розставлених на терасі за центральною будівлею університету. Нескінченні гірлянди різнокольорових вогнів, високі струмені фонтанів, підсвічені лампами, — все це заворожувало погляд і створювало відчуття справжнього свята.

Всесвітня конференція, організована «Блек Пленет», зараз завершувалася грандіозним торжеством з оркестрами й банкетом, і, напевно, тільки найледачіші городяни не спробували пробратися сюди. Охорона біля входу дивилася на непроханих гостей крізь пальці, не пропускали хіба що п'яних або вуличних волоцюг, тому незабаром свято набуло по-справжньому масового характеру.

Гості обговорювали нещодавно прийняті угоди, хтось давав інтерв'ю усюдисущим репортерам або позував для камер, хтось танцював під звуки безперебійних мелодій і насолоджувався частуваннями, не претендуючи ні на що більше. Але розходитися ніхто не поспішав — усі чекали виступу Вільяма Блека, спонсора цього заходу, а потім — обіцяного незабутнього видовища, яке досі залишалося під секретом.

Від безладного руху безлічі людей, сплетіння звуків і запахів у Олівера давно боліла голова. І навіть його набуті нещодавно надздібності не рятували — шукані сигнали ніби розчинялися в натовпі, що клекотів, немов набігала морська хвиля.

Одягнений у красивий костюм зі світло-сірого льону, Олівер стояв з келихом шампанського в руці біля оповитої квітковими гірляндами альтанки і походив скоріше на молодого вченого — учасника нещодавньої конференції. До нього кілька разів підбігали журналісти — він з ввічливою усмішкою відмовлявся спілкуватися з ними й нікуди не відлучався, іноді лише неспішно ходив туди-сюди. Золотиста рідина в бокалі залишалася неторканою, і нікому і в голову не могло прийти, що, продовжуючи бути на очах у всіх, цей милий юнак уже кілька годин шукає бомбу і спілкується з космічним прибульцем.

«Крейху, що там у тебе?»

«Поки нічого конкретного. Томас знайшов вхід у підвал — туди спустилося кілька чоловіків у костюмах, а назад вони не вийшли. Він продовжує стеження».

Крейх у вигляді пікапа загубився на стоянці серед інших автомобілів, і в той же час незримо здійснював зв'язок між усіма учасниками невеликої команди. Поки їм не вдалося знайти нічого підходящого, але підвал — це вже дещо.

«Веди мене до нього», — вирішив Олівер.

Час тікав, немовби пісок крізь пальці, а у своїх пошуках бомби вони не просунулися ні на крок з того часу, як пробралися сюди.

Крейх припустив, що над своїм винаходом зловмисники поставили ментальний щит — здається, вони в усіх відношеннях добре підготувалися...

Не випускаючи келиха з рук, Олівер впевненим кроком рушив у бік другого корпусу університетського будинку — туди, куди вів його внутрішній голос — голос Крейха.

Високі темні колони другого корпусу освітлювалися лише кількома ліхтарями: святковій юрбі тут нічого було робити. З тіні колони назустріч ступив Томас, і одразу поруч виникла ще одна тінь: Ардан зі своїм диво-птахом на плечі.

— Там щось є, там точно щось є! — синій Рекс ковзнув угору й прямо у повітрі застрибав від нетерпіння. — Хотів я туди пробратися, але мене відкинуло якоюсь невидимою хвилею! Ось так запросто: раз — і викинуло!

— А ось це вже цікаво, — Олівер зосереджено потер скроні й на хвилину заплющив очі.

Подумки потягнувшись у бік підвального приміщення в торці довгої сірої стіни, він спробував просканувати ауру цього місця.

Його друзі притихли, щоб не заважати. Тепер Олівер був їхнім лідером. Та й сам юнак відчував себе кимось іншим: не розхлябаним і безвідповідальним експедитором, а зібраним та наполегливим представником всієї людської раси, готовим на все, щоб врятувати її. Та й зовні він змінився: рухи стали більш чіткими, в очах з'явився блиск. Розмовляв він неквапливо і виважено, спокійно приймаючи погляд співрозмовника. А найголовніше — позбувся постійних внутрішніх діалогів із самим собою, які не давали йому насолоджуватися життям. Він прийняв себе таким, яким був, — з усіма зробленими помилками і втраченими можливостями, і не картав більше себе за них. Ставши цілісною особистістю, відчував кожну хвилину свого життя як останню.

Напружено зведені брови здригнулися, і Олівер відкрив очі:

— Так, там точно щось є. Мене теж відкинуло, як і нашого Рекса. Треба йти туди.

— Я з вами! Птах удачі потрібен вам! — писнуло синє створіння, кружляючи над верхівкою Олівера.

— Звичайно, удача завжди доречна, — серйозно відповів хлопець і простягнув руку, на неї гордо вмостилося ультрамаринове диво.

І невеликий загін рушив до дверей підвалу.

# ГЛАВА 49

— Вибачте, це тут чоловічий туалет? — не розгубився Ардан, коли з темного дверного отвору підвалу раптом виник великий, накачаний персонаж з бульдожою щелепою і такими ж бульдожими очами, які спідлоба свердлили непроханих гостей.

Смішно пританцьовуючи, монах почимчикував сходами вниз до підвалу, немов йому і справді не терпілося швидше дістатися до туалету.

— Пішов геть звідси! — гаркнув здоровань, перегородивши старому шлях.

— Фу, як негарно! Хіба можна так розмовляти з літньою людиною? — зображуючи гуляку, вже добре напідпитку, Олівер кинувся на поміч монаху і несподівано різким ударом збив бульдогоподібного з ніг й одразу вирубив, переконливо приклавши головою об кам'яну сходинку.

— Ух ти! Як ти його! Раз — і все! — Рекс застрибав у повітрі від щастя: він любив сильні видовища.

На відміну від всіх інших, синій птах, звичайно ж, не ризикував нічим: проти куль і вірусів у нього був особливий імунітет. Але втратити компанію йому ой як не хотілося...

— Вперед!

Усі четверо влетіли в тепер уже доступні двері підвалу і опинилися у повній темряві.

— У-у-у! — завив хтось прямо над вухом Олівера.

Виявляється, Томас, оступившись, сам собі віддавив ногу.

— Тихіше! У когось є ліхтарик?

— Здається, є! — відгукнувся Ардан, але вказував він не на ліхтарик, а на світлу пляму над їхніми головами.

У темряві птах удачі світився неяскравим блакитним сяйвом, яким відсвічує місяць у блакиті річки. Світло було слабким, і все ж достатнім для того, щоб пересуватися, не натикаючись один на одного.

— Лети вперед!

Задерши дзьоб від відчуття важливості власної ролі, Рекс кинувся по коридору, і всі рушили за ним. Добряче розігнавшись, пташка рвонула вперед і раптом зникла. Люди одночасно кинулися слідом — і всі разом навалилися на двері, що несподівано виникли попереду.

Були вони замкнені чи просто прикриті, хтозна, але від удару трьох тіл жалібно зойкнули — і з гуркотом ввалилися всередину.

— Упс... Вибачте, я забув, що ви крізь двері проходити не вмієте... — пропищала грудка синього пір'я, вибачаючись із запізненням і спостерігаючи, як трійця купою в'їхала верхи на дверях... прямісінько комусь у лоба!

У дивовижних головних уборах з листя і пір'я, з рядами довгих бус із кісток тварин, в слабкому світлі кількох задимлених свічок на підлозі в позі лотоса сиділо п'ятеро темношкірих чоловіків. З одягу на них були тільки пов'язки на стегнах. Здається, вони перебували в стані трансу — до того часу, звісно, доки на них не звалилася «команда порятунку».

— Це шамани! — першим здогадався Ардан.

І раптом монах кинувся в бійку, стукнувши крайнього з тих, хто сидів на підлозі, в щелепу. Від чергової несподіванки той струснув своїм пір'ям, зробивши рукою в повітрі охоронний знак: мабуть, він думав, що компанія незнайомців — тільки міраж. Потім неквапно піднявся на ноги і навис над Арданом, опинившись вище мініатюрного азіата приблизно на три голови.

— Хьйййяя!

Олівер не став роздумувати, чи припустимо нападати на шаманів у стані трансу, чи краще почекати, поки вони прокинуться. Мабуть, це і була та сама екстракоманда, що забезпечувала зловмисникам укупі з їхньою бомбою надійний ментальний щит. Їх слід знешкодити...

Одного удару ногою вистачило, щоб шаман, що навис над Арданом, мішком звалився на своїх товаришів. Ще двох виявилося досить легко стукнути лобами, що забезпечило їм нірвану мінімум ще на пару годин. Поки Олівер бився з четвертим, який, на відміну від інших, міг за себе постояти, останній рвонув до дверей, сподіваючись втекти. І йому б це вдалося, якби не підніжка Томаса...

Через п'ять хвилин усі чаклуни, акуратно пов'язані їхнім же намистом (дуже доречним стало в пригоді уміння ботаніка в'язати морські вузли), лежали на підлозі. Не знайшовши в кімнаті більше нічого цікавого, задоволені своєю перемогою всі повернулися в коридор.

— Треба шукати далі! Може, десь тут вони тримають Алекс! Зачекайте! — Олівер жестом зупинив свою невелику команду, яка, окрилена першою удачею, рвалася у бій.

Він прислухався до своїх нових відчуттів: далі, попереду по коридору, була порожнеча. Порожнечею відгукувався і ще ряд дверей, залишилися лише відлуння слів і недавніх дій.

Проте десь далеко за їхніми спинами, відсвічуючи червоною палітрою погано стримуваних емоцій, розгорталося щось важливе. Але найголовніше — крізь тисячі чужих вібрацій промайнула знайома ніжна хмарка... Алекс! Вона була... чомусь серед натовпу! Невже їй вдалося втекти?

— Нам треба повертатися, негайно! — крикнув Олівер і першим помчав до виходу з підвалу. Його вело лише нестримне бажання скоріше знайти Алекс.

Удар обрушився майже відразу, щойно нога хлопця торкнулася порога. Разом з близькою темрявою юнак відчув, як важко зачинилися залізні двері за спиною, що відгороджували його від друзів, які залишилися за нею.

А потім стало тихо...

# ГЛАВА 50

— Прокидається! — почувся бас десь збоку і зверху одночасно.

Олівер насилу підняв важку руку, щоб обмацати голову, що гула, немов дзвін, а потім обережно розтулив повіки.

Коли картинка перед очима перестала кружляти, він побачив у шкіряному кріслі навпроти невисокого чоловіка. На ньому був дорогий костюм.

Олівера ніби хтось міцно струснув. Якимось чуттям хлопець відразу зрозумів: цей усміхнений незнайомець і є причина всіх його бід.

— О, ви вже прокинулися, юначе? — привітно сказав той. — Вибачте моєму помічникові — у нього деякі проблеми з манерами. Він повинен був просто запросити вас на невелику дружню бесіду, а не тягнути на собі в несвідомому стані... Вам уже краще?

— Нормально, — різко відповів Олівер, хоча відчував, що все ще не прийшов до тями. — Хто ви такий?

— О, ви досі не знаєте мого імені! — чоловік усміхнувся сильніше. — Вільям Блек, до ваших послуг, містере Сміте...

«Крейху, тут якийсь чеширський кіт хоче мене заговорити», — юнак намагався не панікувати, і поки що йому це вдавалося.

Однак відповіді на свій уявний виклик він не почув.

«Крейху! Ти де? Я тебе не чую!»

І знову тиша...

«Крейху!!!»

Тиша. Лише очі людини навпроти раптом дивно блиснули, і вся удавана доброзичливість миттю злетіла. Він став схожий на хижого птаха, відчувши запах крові.

— Ти кличеш свого дракона, чи не так? Ментальний зв'язок між вами — він постійний?

Олівер не відповів, тільки злегка ошелешено закліпав: здається, цей дивний тип читав усі його думки, як відкриту книжку.

— Навіщо він тобі потрібен? — видавив із себе хлопець.

— Він? — посмішка, яка вже давно почала дратувати Олівера, знову розповзлася по виголеній фізіономії типа. — Невже хтось зміг би відмовитися від знань і сили, які може дати лише душа дракона? Хто його вб'є, отримає все...

Олівер мимоволі сіпнувся, як від удару, і це не оминуло уваги Блека.

— Думаєш, ви перехитрили всіх, залишивши дракона в образі пікапа? Згоден, це було оригінально. Я сам довго не вірив, що таке можливо... Однак, переконавшись, що він дійсно існує, постарався дізнатися про нього якомога більше, щоб отримати собі. Звичайно ж, без твоєї допомоги заманити його в пастку було б не так просто.

— У пастку?

— А ти думаєш, чому вас пустили до шаманів і дозволили розважитися з ними? — голос Блека раптом придбав металеві нотки. — Вони зробили свою справу — сплели магічну повітряну мережу, здатну утримати твого ящера. А тепер залишилося тільки нанести вирішальний удар...

Голова не поспішаючи встав зі свого крісла і глянув на годинник.

— О! Я тут, здається, трохи забазікався. Настав час повернутися до своїх обов'язків господаря шоу і проголосити завершальну промову. А ви, юначе, можете йти.

Побачивши цілковите здивування на обличчі Олівера, він знову поблажливо посміхнувся.

— Так-так, ви вільні! Ви виконали свою частину нашого договору, вас більше ніхто не затримує. Ідіть до своєї дівчини — вона десь там, розважається разом з іншими гостями. Можете забрати її.

Втративши інтерес до співрозмовника, Блек попрямував до виходу.

— Забрати?! Після того, як ти підірвеш бомбу?!! — вигукнув Олівер, рвонувши слідом за ним.

І одразу дюжина мовчазних охоронців чорними тінями перегородила йому дорогу.

Блек обернувся, здивовано піднявши брови.

— О... Здається, ви обізнані значно краще, ніж я очікував. Тоді, мабуть, вам варто почекати мого повернення разом зі своїм лускатим другом — щоб, не дай Боже, ви не зіпсували всім свято. Проведіть юнака! — кивнув він, не дивлячись у бік своєї охорони.

Четверо відразу ж взяли Олівера в кільце. Решта рушили слідом за своїм босом, але не встигли вони зробити і пари кроків, як двері відчинилися, впустивши в кімнату знайому блондинку.

У Олівера відібрало мову.

— Олівія?! Що це ще таке? — вигукнув Блек. — Здається, я наказав тобі залишатися на базі, — скривив він незадоволену гримасу.

— Вибачте, шефе, але це шкідливо для здоров'я — не їздити на бал, якщо ти того заслуговуєш, — бадьоро відповіла дівчина. — Як я могла пропустити таку подію?

На тонкій фігурці переливалася золотими іскрами вечірня сукня, яка ефектно відкривала спину, що мимоволі приваблювала погляди чоловіків.

— Зрадниця, — крізь зуби прошипів Олівер, але Голова, здається, не почув його.

— Гаразд, поговоримо про це пізніше, — відповів він блондинці. — Коли ти вже тут, допоможи відвести містера Сміта до його друзів.

Щойно Блек зник, як охорона безцеремонно виштовхнула хлопця за двері й потягла до вантажного ліфта.

Олівія, виблискуючи золотом, безпристрасно крокувала поруч з ними.

Олівер не міг повірити в слова Вільяма: виявляється, Олівія, дівчина, яку він вважав рівноправним членом їхньої маленької команди і в яку був закоханий його наївний друг, увесь цей час брехала їм! Вона працювала на їхнього головного ворога. Вона продала за гроші їхню дружбу, довіру й можливість вижити. І тепер нахабно з'явилася сюди, виряджена та розфарбована, немов лялька, щоб повеселитися на балу смерті, — бо саме цим мало завершитися дике шоу, влаштоване божевільним, який вважав себе богом. Зараз навіть дивитися на неї Оліверу було огидно.

Від думки про Крейха серце юнака стиснулося. Що вони з ним зробили? Виходить, через бажання допомогти людству мудрий і сильний дракон сам став бранцем, приреченим на швидку загибель. І вся їхня спроба врятувати світ виявилася нікчемною...

Такі думки мучили Олівера Сміта, поки він рухався до ліфта, час від часу його підганяли грубими поштовхами стволів у спину.

Останньою в ліфт зайшла Олівія. Кабіна безшумно поповзла вниз, а дівчина раптом почала озиратися, виблискуючи голою спиною, і обмацувати рукою в довгій рукавичці блискавку на сукні.

— Ой, хлопці, у мене, здається, блискавку заїло... Не могли б ви подивитися? — з невинним виглядом звернулася вона до двох озброєних здорованів.

На фізіономії тих з'явилися задоволені усмішки. Обидва одночасно потягнулися до дівчини, щоб надати посильну допомогу. І... одразу кожен з них отримав жорсткий удар ребром долоні по шиї! Не давши отямитися іншим двом, Олівія завдала їм теж пару точкових ударів, тим самим вивівши з ладу.

Чотири тіла впали на підлогу — і одночасно зупинився ліфт, прибувши куди слід. Нічого не розуміючи, Олівер лише здивовано спостерігав за діями дівчини.

— Поясню потім, — пообіцяла Олівія і підхопила з підлоги короткоствольний автомат одного із здорованів. — А тепер уперед, рятувати Крейха!

# ГЛАВА 51

— Меде, я привела тобі ще одного підопічного, — весело промовила Олівія, штовхаючи перед собою пониклого Олівера. Руки хлопця були заведені за спину.

Юнак обережно озирнувся: велике підвальне приміщення з низькою стелею, стілець, кілька дерев'яних ящиків і абсолютно недоречна тут велика китайська ваза. На бетонній підлозі нерухомо лежав дракон. Мерехтливе напівпрозоре мариво над ним нагадувало найтоншу павутину. Він не рухався. Бачити цього сильного і нестримного космічного гостя таким безпорадним зараз було майже фізично боляче.

Неподалік, спинами один до одного, сиділи Ардан і Томас. Їх навіть не стали пов'язувати — ну яку небезпеку може становити ця парочка?

Побачивши Олівію, Томас ледь не підстрибнув від радості, але, помітивши в руках дівчини автомат, знову завмер з відкритим від подиву ротом.

— Так, вся компанія в зборі, — посміхнувся широкоплечий телепень у дорогому костюмі.

Ще шестеро зі зброєю ліниво тинялися навколо.

Погойдуючи стегнами, Олівія поважно підійшла до Меда, залишивши Олівера.

— Може, відсвяткуємо після закінчення? — підморгнула вона, заклично усміхаючись.

Від несподіванки у Меда відвисла щелепа — ніколи ще блондинка не надавала йому знаків уваги.

А бідолаха Томас, зрозумівши все по-своєму, тільки скрипнув зубами.

Олівія поклала руку на плече здорованю і потягнулася, щоб шепнути щось на вухо... але замість цього з усією сили заїхала коліном в живіт, а коли той зігнувся, зойкнувши від несподіванки, стукнула прикладом автомата по потилиці.

— Давно мріяла зробити це!

Не гаючи часу, вона пустила чергу по двом зівакам-правоохоронцям, а Олівер за її спиною спритно скрутив ще одного, прикриваючись ним, як живим щитом.

— Стояти! — охоронець, котрий виник ніби нізвідки, націлився на Тома.

Однак одразу був переможений потужним ударом по голові: Олівія знайшла оригінальне застосування старовинній китайській вазі — уламки дорогої порцеляни посипалися на чорний костюм здорованя сніговими пластівцями.

— Не смій чіпати його, мерзотнику! — процідила крізь зуби розлючена дівчина, дивлячись зверху вниз на розпластаного на підлозі охоронця.

Купа тіл заметушилася-застрибала, немов багаторука і багатонога істота. Томас, натхненний останніми словами Олівії, кинувся до неї на допомогу, і лише Ардан завмер над нерухомим драконом.

— Це Повітряна сітка, вона його тримає, — прошепотів синій птах, гірко змахуючи крилами над поваленим ящером. — Ми не зможемо йому допомогти, ця штука дуже підступна. Їй віддали свої сили п'ять шаманів — до останньої краплі, і тепер вона, як голодний звір, п'є їх із Крейха. І вип'є життя з будь-кого, хто її торкнеться...

Ардан, ніби заворожений, раптом простягнув руку до мерехтливої павутини. В його вузьких старечих очах промайнув дивний вираз. Він підняв погляд на свого птаха щастя.

— Дякую тобі, синій птаху! Я радий, що ти був моїм супутником всі ці роки...

— Стій! Що ти хочеш зробити?! — вигукнув він, підлітаючи до монаха.

— У кожного з нас є та сама мить, до якої можна йти все життя, але так і не розпізнати її і пройти повз. Якщо це допоможе повернути Великого Дракона і врятувати всіх — значить, я жив не дарма.

Смаглява рука торкнулася мерехтливого марева. Немов сотні блискавок злетіли вгору, обернувши падаюче тіло старця блискучим світлом.

Тим часом, «заспокоївши» останніх супротивників, Олівер, Томас і Олівія разом обернулися — щоб побачити згасаюче біле полум'я, що зімкнулося на грудях монаха. Раптом стало тихо — настільки, що всі почули, як важко зітхнув і відкрив очі дракон. Його перший погляд був спрямований у бік Ардана, на грудях якого завмер синій птах...

— Мій друже! Ти врятував мене...

Похитуючись, дракон піднявся і розправив крила.

— Швидше наверх, ми повинні відшукати бомбу, поки не пізно! — крикнув Олівер, прямуючи до дверей.

Героїчний вчинок Ардана вразив усіх, але зараз не час було зупинятися.

— Феєрверк! — вигукнула Олівія, наздоганяючи Олівера. — Вірус — у феєрверку! Вони запустять його відразу після промови Блека!

— А він уже майже договорив... — прогарчав дракон і кинувся за ними.

Крейх мав рацію: Вільям Блек, мабуть, щойно закінчив свою промову — про це свідчили бурхливі овації присутніх гостей. Не покидаючи сцени, господар торжества дав комусь знак, змахнувши рукою...

— Занадто пізно... — прошепотіла Олівія, вчепившись у плече Томаса. — Ми запізнилися...

— Тоді нам залишилося жити приблизно кілька хвилин, так? — пробелькотів Томас.

— Найпевніше, що так... — видихнув Олівер.

— Значить, я встигну! — раптом заявив Томас і згріб Олівію в обійми.

Дівчина хотіла сказати щось, але Том зупинив її довгим поцілунком... Більше цих двох нічого не цікавило... Свідком того, що відбувалося далі, став тільки Олівер — ну і ще плюс кілька тисяч людей.

Крилата істота зметнулася вгору і звалилася з неба прямо на Блека. Підхопивши його, вона стрілою злетіла ледь не під самісінькі хмари і там розтиснула лапи... Темна точка майнула на небосхилі, прямуючи до землі. А дракон мчав уже в інший бік, трохи віддалік від масового збіговиська, до місця смертоносної зброї. Вогняний клубок снаряда, що летів вгору, і дракон, який мчав униз, зустрілися десь посередині — і злилися в одне ціле.

Зойкнувши в один голос, багатотисячна юрба провела поглядами величезне крилате тіло, що впало на землю. Тіло дракона, який поглинув смертоносний заряд...

Коли Олівер, захекавшись, підбіг до нерухомого Крейха, той був ще живий. З пащі виривалося гучне переривчасте дихання, але в очах з вузькими, як у кішки, зіницями відбивалося спокійне розуміння того, що відбувається. Дракон кинув погляд на юнака.

— Ну нарешті... Не думав, що дочекаюся тебе — двоногі повільні, як черепахи... — Крейх спробував пожартувати, щоб підбадьорити свого друга.

— Крейху! Я... Ти...

Не знаходячи відповідних слів, Олівер опустив голову на груди ящера, які важко здіймалися. З очей текли гарячі сльози, але тепер це не мало значення. Олівер відчував, що втрачає щось дуже дороге для себе. І Крейх підтвердив його передчуття:

— Я зникну... Але з вашим світом все буде добре... на якийсь час, поки ви знову не вирішите зробити щось погане з ним або підірвати його... А зараз — прийми мій подарунок...

Уже слабка драконяча лапа потягнулася до Олівера. Короткий синій спалах проскочив між ними, і помаранчеві очі стали стрімко згасати.

— Тепер ти — Чорний дракон рівноваги...

Обм'якле потужне тіло раптом замерехтіло, на очах перетворюючись на дим. Один подих вітру — і на порожньому майданчику залишився лише юнак, який гірко схилився над своєю втратою...

На темному небі, поблискуючи, стали з'являтися перші зірки.

## ГЛАВА 52

— Др-р-раккон, — промовила дівчинка.

Вона тільки недавно навчилася вимовляти звук «р» і тепер за найменшої нагоди гарчала не гірше за тигреня.

— Що? — не зрозуміла її мама, відвернувшись від монітора планшета.

— Др-р-раккон! — повторила дівчинка, тикаючи пальчиком у темне небо, що підсвічувалося вогнями міста.

Відклавши планшет, жінка встала з крісла, підійшла до доньки і теж визирнула у вікно. Нічого незвичайного там не було.

— Іди спати, фантазерко!

Вона поцілувала дочку в кучеряву голівку і обняла її.

— На добраніч! На добраніч, мамо! — маля на хвилинку повисло у неї на шиї, підхопило з крісла вухастого пухнастого зайця і разом з ним почимчикувало у свою кімнату.

Жінка ще раз виглянула у вікно — і про всяк випадок опустила жалюзі, а потім повернулася до перегляду інформації соцмереж...

Дракон, розправивши чорні крила, зробив черговий виток, піднімаючись усе вище — йому набридло парити над містом, і він звернув у бік лісу. Ніким не помічений, величезний ящір ніссся в нічному небі, набираючи швидкість, поки сяюче вогнями місто не перетворилося на розмиту смужку у нього за спиною. Глибоке, кольору його крил небо розгорнулося з усіх боків, немов безмежний океан. У цьому океані, здригаючись,

плавали зірки... Минуло менше години, перш ніж крилата тінь знову промайнула високо над містом — вона мчала до парку, потопаючому в нічному мороці. Тінь спікірувала вниз — і пропала між дерев.

А кілька хвилин потому з темряви ступив молодий чоловік у спортивному чорному костюмі. Пружинистим кроком він рушив у бік освітленої центральної алеї. Світловолосий, звичайної комплекції, підтягнутий, зовсім не схожий на силача. Однак попри пізню годину молодий чоловік зовсім не поспішав дістатися до паркових ліхтарів. Він йшов неквапливо, насолоджуючись прогулянкою, і кожен його рух говорив про спокійну впевненість у собі. Здавалося, його захищає невидима потужна аура внутрішньої сили. Зазвичай її безпомилково відчувають ті, хто звик до небезпеки.

Чоловік дійшов до центральної алеї і так само спокійно рушив далі, до вхідних воріт. І вже тут недбалим жестом накинув на голову капюшон спортивної куртки, щоб не привертати надмірно цікавих поглядів. Обличчя, яке так часто можна побачити на сторінках журналів і телевізійних екранах, легко притягує увагу. Йому ж хотілося зараз почуватися простою людиною, насолодитися вечірньою прогулянкою. Така нагода випадала нечасто: адже це саме він — керівник всесвітньо відомої компанії, що займається космічними розробками, це він — натхненник будівництва першої колонії на Марсі, розвиток якої тепер набирає обертів. Це його запатентовані винаходи — генератори дощу — перетворили частину безплідних пустель на родючі оазиси, а сі-турбіни продовжують очищати море від пластику. Саме завдяки інноваційним розробкам його лабораторій синтетичне еком'ясо витіснило природне, скасувавши потребу вирощувати тварин на забій заради їжі. Дослідження ведуться й далі, і вони близькі до того, що про слово «голод» у найближчому майбутньому люди просто забудуть...

Ось чому за ним всюди ганяються як журналісти із серйозних видань, так і папараці із жовтої преси — звичайно ж, всім хочеться знати, як простому юнакові вдалося досягти таких вражаючих успіхів всього за якийсь десяток років? І він знайде що сказати. Він розповість про свою велику мрію і прагнення допомогти людям вирішити основні проблеми планети — перенаселення, голод і забруднення навколишнього середовища. Він розповість про підтримку своєї улюбленої дружини і обожнюваних синів-близнюків, заради яких задумує і втілює в життя грандіозні масштабні проєкти. Крім того, не промовчить також про неоціненну допомогу свого друга-біолога, сусіда, який став бізнес-партнером і допоміг йому розробити першу установку з очищення морської води. Можливо, згадає про таємничого синього птаха удачі, який нібито дістався йому «у спадок», після чого життя юнака круто змінилося... І все це правда. Не скаже він лише про одне — про того, хто надихнув його на ці мрії і дав віру в те, що йому вдасться втілити їх у реальність. Про того, хто поділився з ним знаннями, — про Чорного дракона, який подарував йому свою душу... Про друга, якого й досі йому так не вистачає...

Перед виходом з парку Олівер Сміт зупинився і, закинувши голову, подивився в чорне небо, ще не висвітлене вогнями міста. Високо над ним пливли в неосяжному просторі зірки. Простягнувши довгий хвіст уздовж Великої Ведмедиці, вигиналося сузір'я Дракона — сьогодні воно сяяло особливо яскраво і чітко. І раптом — йому здалося чи космічний дракон дійсно підморгнув своїм оком-зірочкою?

Усміхнувшись, Олівер сховав руки в кишені і попрямував у бік дому — Алекс чекала його на вечерю...

*Кінець*

**ВІКТОР ВОЛКЕР**

Сучасний автор неординарних романів, у яких містика і фентезі непередбачувано поєднуються з реальністю, коханням і драмою. Народився у місті Києві. Юрист за освітою. Письменник, композитор, продюсер і керівник компанії «SPACE ONE».

victor.walker.books@gmail.com
+38 (063) 677-64-16 WhatsApp

*Літературно-художнє видання*

**Волкер** Віктор

# Пікапер

## Легенда про Чорного дракона

Ілюстрації SPACE ONE
Переклад *Н. Бєлодєд*
Коректура і верстка *Ю. Дворецька*
Відповідальний за випуск *В. Волкер*

Підписано до друку 15.05.2021
Формат 60x90/16. Гарнітура Академія
Папір крейдований. Друк офсетний.
Ум. друк. арк. 15,00. Наклад 1000 прим.

9786177999033

Видавництво «СПЕЙС ВАН»
Свідоцтво про внесення до Державного реєстру видавців
ДК №7056 від 18.05.2020
04070, м. Київ, вул. Іллінська, 8
+38 (063) 677-64-16, space-one@ukr.net

SPACEONE

www.ingramcontent.com/pod-product-compliance
Lightning Source LLC
La Vergne TN
LVHW011933070526
838202LV00054B/4624
* 9 7 8 6 1 7 7 9 9 9 0 3 3 *